切間美星
「塔列蘭」咖啡館的咖啡師，興趣為解謎。個性善良，是個內心溫柔、對所有人都一視同仁的人。在這一集中對青山展露複雜的情緒。招牌台詞是「這個謎題磨得非常完美」。
查爾斯
「塔列蘭」咖啡館飼養的暹羅貓。基於某些原因由美星領養。

青山
喜愛咖啡的青年。在偶然踏入的「塔列蘭」咖啡館，邂逅了尋覓許久的理想咖啡，此後就成了店裡的常客。在這一集中，青山將會與教導自己咖啡美味的年長女性重逢……。
藻川又次
切間美星的舅公，「塔列蘭」咖啡館的店長兼主廚。手工蘋果派是他的拿手極品！他只要一看見年輕女性就會立刻想上前搭訕，總是因此挨美星的罵。不過個性淘氣，令人無法討厭。

咖啡館
·推理事件簿5·
願這杯鴛鴦奶茶美味

珈琲店タレーランの事件簿5
この鴛鴦茶がおいしくなりますように

岡崎琢磨／著
Shion／譯

目次

書中提及數部作品的結局等內容。
希望各位能在理解這點的前提下閱讀本書。

咖啡館
·推理事件簿5·

永遠得不到回報的，才是最持久的愛情。

——毛姆

序章

大河川流不息的景色

我出生成長的城鎮裡，有一條大河流經。

這個城鎮位於我現在居住的京都西邊，雖然稱不上是都市，卻也沒那麼鄉下。這裡沒什麼特色，要說起有名的事物，頂多就是河川。這樣的城鎮就是我的故鄉。

小學時代，我經常在放學後跑步回家，接著到河畔集合，與朋友玩捉迷藏或踢足球。未經鋪整、唯有寬廣可言的草地就是我們的遊戲場。有時玩得太過熱烈，連日暮低垂都沒注意到，結果因晚歸而挨父母一頓罵也是常有的事。現在走到河畔，那猶如夕陽照耀河面般閃耀的回憶，彷彿依然存在。

升上國中時，雙親蓋了棟我們自己的房子。我們從原本居住的公寓搬到僅數公里遠處。只要我想，仍舊能隨時與一同在河邊玩耍的朋友見面。所以，即使國中換了學區，我也並未因此大感失望。

然而，唸了國中以後，我卻遲遲無法適應。

這所國中的學生由兩所國小的畢業生共同組成，來自同一間國小的學生從入學起就已經彼此熟稔，也能以既有的交友關係為後盾，試著與畢業於不同學校的學生交流。然而，不屬於兩大勢力任何一邊的我，宛如飛散在紅藍大理石紋路上的白色顏料，兀自孤立。不過仍有其他狀況與我相同的學生，人數雖少，但不是只有我一個人，所以用白色顏料飛散來形容應該算正確。

與其說寂寞，不如說是極度不安。我如果就這樣一直交不到朋友該怎麼辦？我能獨自度過國中三年嗎？對於年僅十二歲的少年而言，這份不安堪稱絕望。可是，我沒有勇氣向任何人搭話。雖然僅有一點點，但我自己也很清楚，自己的內心正一天天變得軟弱。

開學一個月之後的某天放學，我來到距離新家較近的河畔。

以前作為遊戲場的河畔，從這裡看來是在上游處。景色並無太大差異，不過沒有總是作為集合地點的鐵路橋，唯有這點令我覺得少了些什麼，像突然開了個洞似的。

我穿著制服，直接坐在覆蓋於堤防斜坡的草地上後，稍微鬆了口氣。流經眼前的河川、吹拂而過的風、陽光的氣味，都與我記憶中的河畔相連。如果我能划船前往上游，那裡必定有屬於我的容身之處。

兩個大人手握著犬隻牽繩散步，看見自己的狗兒在擦身而過時互相吠叫，露出傷腦筋的笑容。之後，我凝望著彷彿什麼事都沒發生過而遠去的小狗，身後突然傳來了聲音。

——少年，你很沮喪嗎？

我轉過頭去。夕陽耀眼，我瞇起眼睛。

有個不認識的女性站在那兒。她身穿丹寧材質的夾克及黑色緊身褲，以奶油色的緞帶，將蓬鬆且自然捲的褐髮在靠近頭頂處綁成一束。她俯視著我，浮現不帶討好意味的直率笑容。

現在回想起來，她當時其實很年輕。不過對於還是個國中生的我而言，她看起來就是個大人。是因為她右手中那本沒書衣的文庫本嗎？抑或是左手中寫著BLACK的罐裝咖啡？

——可以坐在你旁邊嗎？

她這麼問，不等我回答就坐了下來。我不曉得該做何反應，不知為何彆扭了起來。

「無所謂。」

——什麼嘛，真冷淡。因為你看起來很寂寞的樣子，大姊姊才會來找你講話。

「多管閒事。話說回來，妳是誰啊？」

——是誰都無所謂吧。既然在這裡偶然相遇，我們就是朋友。沒錯吧？

她歌唱般地說著，拉開罐裝咖啡的拉環。

如果她是個怪人，我得逃跑才行。話雖這麼說，但在我身旁抱膝而坐的女性，身上並沒有一絲危險的味道。她的身材纖瘦，身高也不高，如果發生什麼情況，我應該可以設法應付吧——我自認游刃有餘。

我當時似乎目不轉睛地盯著她看。喝著咖啡的她察覺到我的視線後，輕輕搖了搖鐵罐。

——你口渴了吧，要喝嗎？

雖然是她會錯意，但我還是點了點頭。我接過鐵罐，湊到嘴邊。

僅在一瞬間，我似乎感覺到一絲甜味。隨後，舌頭卻感受到了強烈的苦味及酸味。我的臉下意識地皺成一團。

——呵呵，看來你不覺得好喝呢。對小孩子而言還太早了嗎？

她笑了起來，我很不爽。我一邊將鐵罐遞還給她，粗魯地開口：

「什麼小孩子，我已經是國中生了。」

——嗯，看你的制服就知道囉。

「那就別把我當小孩子看待。說到底，會覺得那種東西好喝的人才奇怪。」

她並沒有回嘴。相對地，她看向河川，以乘著風般的聲調輕語：

——所謂的好咖啡，是如惡魔般漆黑、如地獄般滾燙、如天使般純粹，同時如戀愛般甘甜。

「……那是什麼？」

我詢問，她轉向這裡微笑。

——這是一位法國前政治家塔列蘭所留下的、形容理想咖啡條件的至理名言。

這是我最近在書上讀到的，她補上這一句。原來她喜歡讀書啊——我看著她右手的文庫本心想。

「所謂的好咖啡，是甘甜的啊。」

——是啊。不過從未談過戀愛的你，或許無法理解那種甜美吧。

「少囉唆，真是的。那妳就明白了嗎？」

——嗯，我是談過戀愛啦。不過，至今仍未邂逅擁有與戀愛相似甜味的咖啡。

單聽字面上的意義，她似乎是在說自己尚未遇見理想的咖啡。

然而不知為何，我卻覺得這聽起來她簡直像在訴說自己尚未談過真正的戀愛。她其實早已邂逅理想的咖啡，卻似乎未曾從戀愛中品嘗到相似的甜美。

連我也不明白自己為什麼會脫口說出下一句話。

「那我就來找找看所謂理想的咖啡好了。」

坐在身旁的她吃了一驚，幾乎快笑出來似的雙眼圓睜著。這時我才察覺到她化了妝。

——你要去找？你明明連咖啡的味道跟戀愛的滋味都不明白。

「因為，理想的咖啡是甘甜的吧。我不喜歡普通咖啡，但如果是甘甜的咖啡，我或許會覺得好喝。換句話說，只要我覺得好喝，就代表那是理想的咖啡。所以，我找起來說不定會比喝慣咖啡的人容易喔？」

——原來如此……雖然是奇妙的歪理，但好像也有一番道理。

微風吹動她的髮絲，淡淡的香味飄進位於下風處的我的鼻梢。

——如果你找到了，要告訴我喔。我也很想喝喝令塔列蘭情不自禁留下至理名言的理想咖啡。

包在我身上。我拍拍胸膛。

我很期待。她笑著說。

初次見面的我們倆一直聊到日暮低垂。原本來到河畔時我軟弱的內心，在回家時已經痊癒了大半。即使沒有划船逆流而上，我仍感覺到，今天似乎終於在這裡找到了自己的容身之處。

那天起，我就展開了尋找理想咖啡的每一天。

就結果而言，路程遠超乎想像的漫長，我在達成目的之前，也正式踏進咖啡的世界中。說她無意間提到的塔列蘭的至理名言，甚至改變了我的人生也不為過。

那麼，那一天我為什麼會說出要尋找理想的咖啡呢？

原因至今仍不明。只不過，我當時應該是有自信吧。我這麼想。

她當時問我「你要去尋找？」時，我刻意只回答了一半——我不明白咖啡的滋味，反而是好事不是嗎？——另外一半的答案，我實在無法當場說出口。

當時在我心中，大概浮現了以下的答案。

搞不好現在的我比任何人都來得清楚也說不定。因為就在我將接過來的咖啡湊到嘴邊時，我體會到了——宛如好咖啡般甜美的戀愛滋味。

一

少女的短髮
為何富有魅力？

1

那是五月下旬，某個晴朗日子裡發生的事。此時正值京都三大祭之一「葵祭」——上賀茂神社與下鴨神社的例行祭典剛結束，街道上隨處飄蕩著鬆了口氣般舒緩的氣氛。

週一，我待在京都市左京區今出川通上的Roc'k On咖啡店裡。午後的和煦陽光令人昏昏欲睡，店裡僅有幾名就讀附近大學的學生，把看似課本的艱深書籍在桌上攤開，一邊聊著所屬社團的事，各自消磨時光。

這裡的景象一如往常。然而，所謂尋常的日常生活，即使看似堅固，其實或許脆弱至極，僅需一根食指就能推倒——比如說，就像是沖泡方式稍微出點錯，理想的咖啡香味就變得不理想。

玻璃門開啟。我反射性地看向店門口。

時間停了下來。儘管是錯覺，但那一瞬間對我而言彷彿是永遠。

我與走進店裡的黑色長髮女性四目相接。在我意識到之前，下一句話就已脫口而出。

「真子……小姐？」

她的臉上浮現出詫異的神情。過了幾秒，又彷彿快笑出來般睜大眼指著我。

「你該不會是青——」

她還記得我的名字。

淡淡的回憶再度復甦。她是我國中時代、偶爾會在附近河畔見面聊天的朋友。她大我八歲，現在應該已經三十二歲了。

她的臉上至今仍能看出昔日的影子，讓我一眼就認出她來。不過，我並不認為她毫無改變。若要說她與十一年前毫無變化，那相當沒禮貌，況且也是謊言。十一年的歲月確實在她身上刻畫下痕跡，我想必也是如此。

Roc'k On咖啡店與星巴克等被稱為西雅圖系的咖啡館相同，客人得先在櫃檯點飲料，再端著杯子就坐。等真子在空著的二人座坐下後，我走近她身邊。

「好久不見，已經十一年了吧。」

真子瞬間垂下眼，或許是在計算著流逝的歲月。

「是啊，十一年了。真虧你認得出我。」

她露出與初次見面時相同的直率笑容。

「真子小姐也還記得我啊，真令我高興。」

「……你用敬語稱呼我，感覺真奇怪。」

「我還是會用敬語的，畢竟已經是大人了。」

我苦笑著，感覺有點難為情。

看見我們交談，認識許久的Roc'k On咖啡店店長走了過來。

「這位客人是你的朋友嗎？」

「是的。話雖如此，是很久以前認識的朋友了。這位是小島真子小姐。」

我向店長介紹，真子點頭致意後加以更正：

「姓氏不對喔，我現在已經不姓小島了。」

我一看，她左手的無名指上戴了一只樸素的銀戒。

「也就是說，妳的願望已經實現啦！就是成為很棒的新娘子——」

由於她當時展露的微笑宛如朦朧月色般曖昧，我不由得噤口。

歷經了足以令年輕時代天真無邪的夢想變得陳舊的歲月後，又在當事人面前提起往日的夢想，或許是相當殘忍的行為。一名女性在年滿三十二歲前結婚、改姓，並不是足以視為美夢成真的特別事件，而且她或許曾經歷過複雜的體驗，令她無法為事實坦率地高興，才會有如此曖昧的反應吧。

「現在該怎麼稱呼您？」

幸好店長接了話。真子從放在一旁的小手提包中取出鋁製名片盒。

「我姓神崎。也給你一張。」

她取出兩張橫式名片，一張遞給店長，另一張遞給我。這似是她工作上所使用的名片，上方寫著她位於京都市內的工作地點名稱，下方寫著電子信箱及電話號碼，中間則印著「神崎真子」四個字。

「謝謝您。呃，不曉得我的名片還有沒有剩……」

店長喃喃自語著，消失在櫃檯後方。我手裡拿著名片，繼續開啟話題：

「妳現在還繼續工作啊，有孩子了嗎？」

「沒有喔。」真子將杯蓋上的飲孔湊近脣邊。

「沒想到會在遠離老家的城市遇見妳。妳是什麼時候來到京都的？」

我們最後道別時，她曾說要前往東京。到今天以前，我完全不曉得她人在京都的事。

她將咖啡杯底部在桌上擦過般輕輕搖晃著，接著回答：

「離開那裡後，我在東京大約住了五年。不過後來發生了一點討厭的事。我當時心想『真想去京都啊』，於是就直接搬去宇治住了。」

討厭的事。我刻意無視這個感覺明顯格格不入的詞彙。

「妳現在仍住在宇治嗎？」

真子點頭。「我搭電車通勤。」她補上一句。

「沒想到……你竟然會在這種店工作，看來你變得相當喜歡咖啡啊。那時候明明還一臉嫌惡地喝著咖啡。」

「這個嘛……」我感到難為情。「畢竟我當時還是國中生啊。」

「我所認識的你，可是個滿狂妄的白目國中生喔。你成長得相當出色啊。」

「請別這麼說啦。真子小姐妳不也穩重許多——」

接下來，我們倆熱切地聊了好一會兒往事。對話愉快且流暢，甚至感覺不到時間造成的隔閡。

然而，即使如此，我們仍無法回到從前。雖然很難解釋，但有某些——應該說一切都與當時不同了。

這是理所當然的。不可能一模一樣。

過了十一年，我們也增長了年歲。

2

毫不留情的傾盆大雨突然停歇。

——怎麼回事，你為什麼會淋得全身溼？

有人從身後遞來雨傘。從學校返家，走在河堤旁道路上的我轉過頭去。

「真子小姐。」

在那之後，我幾乎每週一都會與真子在河畔見面。

──你為什麼沒帶傘？今天早上不是也下雨嗎？你之前那把苔綠色大傘怎麼了？

她邊用手梳理我溼漉漉的瀏海邊詢問。雨水的氣味裡稍微混進了一點類似某種花的芳香。

她說得沒錯。雨從上週五開始下起，過了週末進入週一後，仍毫無停歇的跡象，繼續澆淋著這個城鎮。氣象預報中，主播指著天候圖稱這是「梅雨前線」所造成。意思似乎是進入梅雨季前的壞天氣。

我們倆共撐一把傘走在路上。我看著上學穿的白色運動鞋說：

「我的傘好像被偷了。」

──被偷了？可是大家應該都有帶傘吧？

「我猜想是不是有人故意想讓我不高興。傘上寫有名字，我不認為會搞錯。」

──故意讓你不高興……你心裡有底嗎？

「我完全無法融入班上。明明已經開學近兩個月了。」

我不太想承認，不太想說出口。不過我在與真子相遇時，就已經給了她寂寞的印象。

因此我認為就算試圖隱瞞也是白費工夫。

──你沒有被人欺負吧？

「沒有，只是沒人理我而已。我自己也不敢主動找人搭話，所以交不到朋友。不過也有人受到類似霸凌的對待或被學長盯上。與他們相比，我還算好了。」

──可是，你說傘被偷了。

「或許啦。現在是期中考期間，社團活動暫停，大家一放學就會立刻回家。我就算回到家也不會有人在，就不禁會偷懶不念書，所以在期中考期間，我每天都會留校讀書……結果我注意到時，教室裡已經沒有半個人了。我正打算回家走到鞋櫃區時，發現我們班的傘架上只剩下一把透明塑膠傘插在那裡。我確認了鞋櫃，但班上同學似乎全都已經離開校舍，鞋櫃裡只剩室內拖鞋。」

──偷傘是為了讓你不高興？

「倒不如說是惡作劇吧。在班上沒有朋友的人，就會淪為被欺負的對象。對方一定暗地裡竊笑著。我因為很不甘心，就裝作滿不在乎地回家了。」

──話雖如此，你也沒必要讓自己淋成落湯雞啊。

「沒辦法啊。我的爸媽都在工作，沒人能來接我。」

──你沒想過將剩下那把塑膠傘帶回去嗎？

「我原本是這麼打算，也有拿起來撐開。但最後還是覺得未經允許借用別人的東西不太好，就打消了主意。就算沒有鞋子在，雨傘的主人也不見得真的回家了。或許只是待在不會被雨淋溼的地方。而且，如果這是某人的惡作劇，對方搞不好正躲在某個地方偷看我。如果我拿了別人的傘，對方一定會開心地跑來責罵我。」

——嗯……真不知道該說你老實呢，還是死腦筋呢。

「沒有朋友的人，如果不對這種事小心點，可是很危險的。」

我繼續慢慢走回家。其實我應該對真子送我回家一事致謝，但這時我並沒想這麼多。

走到轉往我家岔路口時，真子突然開口：

——不過，留在那裡的那把塑膠傘不是壞掉的。

「嗯，似乎沒有問題，是可以使用的傘。」

——有沒有可能是誰放在那裡的傘？

「我們學校不允許學生放備用傘，似乎是為了避免造成像這樣失竊的問題。如果有疑似忘在傘架裡的傘，都會被拿到教職員辦公室保管。為什麼這麼問？」

她停下腳步，我也配合她停了下來。她的話語穿過雨水打在傘上的聲音傳進我耳裡，那是令我始料未及的內容。

——搞不好，你的傘現在正守護著你的同學喔。

「咦？」

3

塔列蘭咖啡館。

這間店位於京都市中京區，從二条通與富小路通的十字路口稍微「往上走」——北上——的位置。按照復古電子招牌上繪製的食指符號指示，穿過兩棟如雙胞胎般並立的住宅屋頂形成的隧道，映入眼簾的是一座會令人忘記自己身在京都市區的寬敞庭院。而位於最深處的老舊木造平房，就是我現在所在的塔列蘭咖啡館。

仔細想想，從我第一次推開這間咖啡館的店門起，很快地已過了兩年。以十一年前與真子約定的形式開始的、我尋找理想咖啡的旅程，就是以造訪這間店告一段落。因為這間冠上塔列蘭伯爵之名的咖啡館，完美重現了那句至理名言。

之後的兩年間，我經常造訪塔列蘭咖啡館，一面啜飲咖啡，同時經歷各式各樣大大小小的事件或爭端。現在的我早已超乎常客的身分，完全成了這間店的一分子——我如此自認。

我第一次看見這間咖啡館時，會在沒有任何資訊的情況下毫不猶豫地踏進店裡，正是因為曾從真子那裡聽過塔列蘭伯爵的至理名言——我並沒有坐在吧檯的老位子，而是獨占了一張窗邊的桌席，手拄著臉頰眺望著窗外，思考著這件事。前些日子與真子重逢的事，一直在我腦海裡盤旋不去。

「——雨一直沒停呢。」

托著咖啡杯的盤子放到桌上的聲響隨著話聲傳來。

我將視線轉回店裡。切間美星將銀色托盤抱在胸前站在那兒。

她是這裡的咖啡師，唯有她才沖得出我心目中理想的咖啡。頂著招牌的鮑伯頭，身材嬌小的她穿著制服——白襯衫、黑褲，圍著深藍色圍裙。雖然有著娃娃臉，但她其實大我一歲，今年二十五歲了。

「一直下個不停，明明才五月而已。」

我輕觸咖啡杯的握把，浮現在腦海中的，是十一年前差不多同一時期，真子讓我共撐一把傘送我回家那天的記憶。

「真令人無精打采呢。查爾斯也從今天早上起，就一直像那樣洗著臉。」

她看向店內深處，暹羅貓查爾斯正待在那兒。那隻公貓是我剛開始造訪這裡不久，由這間店領養的。在牠身旁的則是老闆兼主廚——美星小姐的舅公藻川又次。他坐在老位子上，邊撫摸下顎的銀白鬍鬚，邊讀著雜誌。

「我看起來很無精打采嗎？」

美星小姐的話中似乎有著一絲擔心。我一提問，她就輕輕點頭。

「青山先生剛才似乎陷入了沉思。我在想，你是不是有什麼煩惱？」

她稱呼我為「青山先生」。

「沒這回事，我只是回想起往事……對了。」

我豎起右手食指。

「這個往事正好可以成為一道謎題。如果可以，能否請美星小姐也一起試著解謎？」

「哇，很有意思，請說給我聽聽。」

她展露微笑，回到櫃檯拿出手搖式磨豆機。

她不僅兼具各種魅力及特長，聰穎的頭腦更是格外與眾不同。以發生在去年九月、各家傳媒也報導過的大事件為首，至今為止，她解開了好幾個謎團。

而陪伴她一同思考的，正是這外觀典雅的手搖式磨豆機。她在木盒上的儲豆槽放進適量咖啡豆，為避免磨得不均勻，以一定的力道及速度轉動著手把。據說這平淡卻深奧的作業及磨豆時發出的喀啦聲響，能讓她的頭腦變得清晰。

「讓你久等了。請說。」

美星小姐將手搖式磨豆機放在我的桌上，站著磨起豆來。或許是因為天候不佳，店裡沒有其他客人，即使像這樣聊天也不會造成妨礙。

窗外的雨雲似乎沒有要停歇的意思。我將十一年前，與今天一樣正下著大雨的五月某日發生的事，盡可能詳述給她聽。

這段回憶是回家途中不到十分鐘的簡短互動，因此不需耗費太多時間說明。

我幾乎按照事實重現自己與真子之間的對話。不過對於她的身分，我下意識說了謊。

「我渾身溼透地走在大雨中時，在附近……醫院工作的護士替我撐了傘。」

真子當時及現在的職業都並非護士。我會說謊，是因為自己仍不知該如何面對前些日子與她重逢的事。此時我還希望盡量避免同樣住在京都的美星小姐與真子碰面。況且，真子的實際職業與傘的事情本身並沒有任何關聯。

「……結果如她所說，隔天真的有個同學跑來向我致謝。那麼，對方究竟為什麼會拿走我的傘？」

我以一句聽似戰帖的句子結束了這段話。

而美星小姐展露出的第一個表情，是幾乎要噗嗤一笑的笑容。

「世上有那麼多人用傘，但這麼常被傘耍著玩的人，或許只有青山先生一個人也說不定。」

「啊哈哈，確實如此。」

我搔搔太陽穴。兩年前，我第二次來到塔列蘭咖啡館時，也曾經在令人費解的情況下，讓其他客人拿走了傘。雖然跟國中時的傘不同，但也一樣是苔綠色。

喀啦喀啦的磨豆聲仍持續著。美星小姐以這句話作為開頭：

「青山先生，你去過龍安寺嗎？」

為什麼會問這個問題？「我當然去過。那是位於右京區，以美麗石庭聞名的寺院吧。」

「沒錯，據說無論從哪個角度眺望，都無法將方丈庭園裡枯山水中的十五顆石頭一口氣遍覽無疑，一定會有某顆石頭被其他石頭遮住。」

這句話讓我靈光乍現到她究竟想表達什麼。

「已經明白了嗎？腦子轉得真快。」

她並沒有特意表現自豪。這種程度對她而言簡直是輕而易舉吧？

「班上的傘架只留下一把塑膠傘，可以推測這是拿走你的傘的同學特地留下的，畢竟學校不同意學生放備用傘。」

那天早上有人帶了兩把傘來的可能性並不是零；也或許是像我當時所想的，那把傘的主人還在校舍附近逗留；抑或是誰拿了兩把傘走，這種事也並非完全沒有可能。

然而，無論何種狀況都相當特殊。因此，有學生從家裡帶來這把被留下的塑膠傘，並將我的苔綠色傘帶了回去——這種情況最為合理，也可以說是首要討論的方向。

「若要說起透明塑膠傘辦不到，而青山先生的苔綠色傘辦得到的事——首先想到的，就是遮掩頭部。」

既然下著傾盆大雨，自然就會撐傘，而傘能夠遮蓋住的只有那個人的頭部。換言之，那個學生如果不拿自己的塑膠傘，而是拿我的苔綠色傘，就能夠用傘確實遮住頭部回到家——所以美星小姐才會提起剛才說的「無法一口氣遍覽所有石頭」的事。

「拿走青山先生傘的，是你的同班同學之一，而且對方既然不惜借用別人的傘，試圖在回家途中避人耳目，整體而言，我想對方應該是女孩子。你剛才說你就讀的國中有霸凌或有學生被學長盯上的情況吧……我想，她或許是受到某些過分的對待也說不定。某種令她的頭部有些外觀上的變化，而且無法在學校裡恢復的情形。」

美星小姐淡淡地說著這令人不太愉快的想像。

雖然難以原諒，但很遺憾地，這並不罕見。遭人忽視、背後被貼上奇怪字句的紙張，或被叫出去遭受暴行——不過我並沒成為受害者，無法掌握詳細情況，況且在我不知道的地方，或許還有學生遭受到更過分的對待。這種事雖然愚蠢至極，卻無法輕易消除。

「妳能具體想像出那究竟是怎樣的行為嗎？」

「無法斷定。」針對我的問題，美星小姐如此回答。

「我在猜，會不會是被人硬是剪掉了長髮的一部分。」

「為什麼會這麼想？」

「如果是遭受暴力對待而受傷的嚴重事例，青山先生也就不會如此輕鬆地談起了。不，硬是剪掉他人頭髮的舉動極為殘忍，絕不能輕忽這對受害學生內心造成的創傷。然而，頭髮可以重新修剪，只要重剪個正常髮型，旁人就不會發現自己曾遭受暴力舉動的事了。我想會有『僅需在回到家之前的這段期間避人耳目』的想法，或許說不定就是這個原因。」

所以她才會刻意強調「長髮」嗎？她內心希望對方仍有重新修剪的餘地。

「我也曾想過會不會是想隱藏眼淚。不過既然正在下雨，應該就不是這樣。畢竟哭得再慘應該都有辦法蒙混過去……雖然也有考慮過其他可能，但我並不打算連學生受到什麼對待都猜出來。我認為只要說出對方拿走青山先生的傘，是為了遮掩頭部這點就夠了。」

「即使只是在傾盆大雨中從學校走回家的一小段時間，也無法忍受自己頂著奇怪的髮型走在路上。果然是國中女生會有的感性啊。」

我這麼說。美星小姐的想像確實捕捉了真相。

「我隔天到學校一看，我的傘又回到了傘架，而且班上一名女同學乾脆地剪短了自己的長髮。我原本打算保持沉默，結果反倒是她在休息時間主動來找我攀談。」

——對不起，擅自借走你的傘。

「因為傘上有寫名字，她才會知道那是我的。我當場問她發生了什麼事，結果她說自己在前一天放學後，被學姊叫出去剪掉了頭髮——出乎意料地，她一臉不在乎地回答。她長得很可愛喔，或許是因此過於引人注目了。」

放學後，學姊把她叫到人煙稀少的地方，剪掉了她的頭髮。她被放走時，多數學生都已經放學，傘架上僅剩自己的透明傘及我的苔綠色傘。她不得已借走我的苔綠色傘，遮掩著自己被剪掉的頭髮踏上歸途……

「我不曉得該說些什麼才好，只能說出『真慘啊』之類的話，並要她別在意借傘的事。結果從那時候起，班上同學看我的眼神就變了。似乎是因為她對班上同學宣揚『在我傷腦筋時，他將傘借給了我』。雖然那並不是實際情況，但我若糾正，就得揭穿她偷拿我的傘，因此我選擇保持沉默。於是我就在不知不覺間被認為是個溫柔的男生，稍微被當作英雄般對待。班上同學開始主動找我聊天，我才終於融入了班上。」

所以，這段回憶對我而言是美好的。幸好這名頭髮被剪的女同學並沒有表現得很悲情，而是以開朗的態度面對。

然而，這感想是出自於跟她在同一班級度過後來時光的人之口。如果只是聽到這段故事，或許無可避免地會留下「無法接受」的想法。美星小姐接著詢問：

「那名女學生後來不要緊嗎？」

「學姊針對她的過分惡作劇似乎只有那麼一次。實際上，她說自己連學姊叫什麼名字也不曉得。雖然其他還有好幾個同學在入學後不久曾遭到類似的對待，不過學姊們應該也不是打心底討厭她們，才做出那種事來吧。」

「這種說法令人覺得難以苟同……是『一開始先給學妹來個下馬威』的感覺嗎？」

「或許是吧。順帶一提，那個女同學的個性非常好喔。正因為如此，她才會為了報答我而放出那種傳聞吧。而我的評價也因此水漲船高，足以見得她的朋友之多，影響力之大。倘若她下次又遭到更過分的對待，想必同學及其他學長姊都不會再默不吭聲了。」

「她的新髮型看起來怎麼樣呢？」

「妳說她的短髮造型嗎？非常適合她。她似乎也很中意那個髮型，一直到畢業為止都留著同樣的造型。」

不可思議地，美星小姐在這段時間裡一再地更換咖啡豆，直到現在仍轉著手搖式磨豆機。她停下動作時，說出的那句話實在相當奇特。

「她的短髮為何富有魅力呢？」

「……啊？」

美星小姐打開磨豆機下側的抽屜，嗅著磨好的咖啡豆香味，看著我露出微笑。

「這個謎題磨得非常完美。」

直到剛才都還懷有淡淡憂愁的氣息，已經完全煙消雲散。

「妳現在才解開謎題嗎？話題不是已經結束了？」

「我想確認一下，青山先生。我記得你並不是出身於關東地方吧？」

「對，不是……」

美星小姐點點頭。接著宛如打開手搖式磨豆機的抽屜般，開啟了十一年前那個從未開啟過的真相之蓋。

「青山先生，你搞不好在自己沒有察覺的情況下，獲得了莫大的恩惠喔——從替你撐傘的那名女性髮型設計師那裡。」

4

——咕嘟。我從喉嚨發出奇怪的聲音。

「妳、妳為什麼會知道？我明明刻意不說她是髮型設計師。」

如美星小姐所言，真子的職業是髮型設計師。然而，我不僅沒告知她這項事實，還謊稱真子是一名護士。

「首先……」美星小姐看著瞠目結舌的我回答道：

「首先是因為這件事發生在週一。如果是護士，週一傍晚通常應該正在上班。」

「不過也有輪班制的醫院吧。」

「是啊。另一點是青山先生你在說出『醫院』這個詞之前，稍微停頓了一下。」

絲毫不能大意。單是停頓了一瞬間，這個人就看穿了我在說謊嗎？

「青山先生應該是當下倉促決定說謊的吧。只要將『醫院』這個詞，以及週一傍晚能夠待在河畔的職業綜合起來，會浮現『美容院』[1]也是很正常的。」

所以她才會確認我並非出身關東地方嗎？我曾聽說關東地方的美容院大多將週二訂為公休日。除此之外的地區則普遍訂於週一。

「此外還有一點——這是最重要的——就是女學生的短髮富有魅力這一點。」

這句話令我摸不著頭緒。如果說將頭髮被剪一事跟髮型設計師聯想在一起，我還多少可以理解。不過，「富有魅力」這點又是怎麼一回事？

或許是察覺我的疑惑，美星小姐又進一步詳細解釋：

「一個人在並非出於自願的情況下被剪去一部分頭髮時，會採取怎樣的行動呢？」

「當然是立刻前往美容院重新修剪頭髮……啊！」

「看來你似乎察覺了呢。」

我在十一年前完全沒有想到那一點。女學生在週一被剪了頭髮，翌日就變成了富有魅力的短髮造型。我當時以為她一定是在回家後，立刻前往美容院重新修剪了頭髮。不過，美容院週一並沒有營業。她應該不可能上美容院剪髮才對。

「……不過，我想只要找找，應該還是能找到有營業的店家才對。」

「你說得沒錯。不過，如果試想替青山先生撐傘的女性是一名髮型設計師，會如何呢？不覺得會浮現一幅淺顯易懂的關係圖嗎？也就是一名無法融入班上的男孩子；一名個性很好，換了髮型的女同學；以及一名女性髮型設計師。」

難道說——

「你與那名設計師那天並不是初次見面吧？」

我沉浸其中地點頭回答她的問題。

「我是在數週前認識她的。她覺得我看起來一臉寂寞，才會來找我攀談。」

「也就是說，設計師很擔心青山先生。另一方面，有名國中女生則是她的客人。設計師試著向看似同年級生的女孩子詢問你的事後，得知你在班上受到孤立，便思考著能不能做些什麼。正好在這時候，那名女同學表示想剪短頭髮。於是設計師心生一計，向女同學提議，希望她協助男孩交到朋友。如果她答應，自己就免費替她剪髮——」

1 在日文中，「醫院（Byouin）」與「美容院（Biyouin）」發音相近。

女同學按照真子的指示，偷偷將我的傘帶回家。因為我在考試期間，每天都會留在教室裡讀書，要拿走我的傘輕而易舉。接著，女學生當天去見了真子，讓她替自己剪短頭髮。最後只要在隔天針對借傘一事向我致歉，並散播我借傘給她的傳言，任務就達成了。

那麼，真子在週一替女同學剪髮前做了什麼呢？執行這項計畫時，真子不需跟我接觸，因為她已經安排好由女同學在隔天說明發生了什麼事。不過，真子或許是擔心我在雨天要如何返家吧。前往查看情況的她，在河堤道路上發現了淋成落湯雞的我，並送我回家——或許是對造成這種結果一事多少心懷歉疚。

「那麼，女同學雖遭到過分的對待，後來仍表現得很開朗的原因是……」

「當然是因為她的頭髮並沒有硬是被人剪掉。她不是說自己不知道學姊的名字嗎？那也理所當然，因為實際上並不存在這位學姊啊。」

「但是這個計畫必須選在髮型設計師能夠自由安排時間的週一，而且還得從早到晚都在下雨才能執行啊，我認為條件太過嚴苛了。」

「你的思考模式正好相反了。正是因為得知週一會下整天的雨才擬定的計畫。那位設計師一定是在前一天看了氣象預報後，才聯絡女同學的。」

「是嗎……不過雖然由自己這麼說有點奇怪，但讓我增加朋友的方法並不局限於這種吧。如果不行，只要想其他方法不就好了。」

「對。不過我想這必須小心避免被青山先生發現吧，畢竟國中男生的內心相當纖細啊。」

我確實很感謝那名女同學協助我融入班上，不過在我的認知裡，那是她拿走我的傘，害我淋成落湯雞的補償，我才能坦率接受同班同學的稱讚。假如我從一開始就知道這全是真子的計畫，想必自尊心會因此受損，始終無法融入班上也說不定。

當然，前提是如果我在國中時就知道。長大成人後的現在，再次回想起當時的事時，我自然而然湧現出了對真子的感謝。

「竟然有這種事，我得向她致謝才行。」

美星小姐拿著手搖式磨豆機回到櫃檯，用剛磨好的咖啡豆沖了咖啡。因為沒有新上門的客人，她應該是自己喝掉吧。

「你們重逢了吧？你和那位女性髮型設計師。」

聽見我的自言自語，她做出了這個反應。

「咦……啊，既然能致謝，就表示我們重逢了是吧？」

「而且，會回想起往事，必定有什麼契機吧。再加上青山先生今天的模樣與往常截然不同……畢竟昨天是週一啊。」

她連這一點都猜到了嗎？她那聰穎的頭腦，有時甚至會看穿某些別看穿比較好的事。

我看向窗外。這兩年來，我頭一次湧現後悔走進塔列蘭的念頭。我今天不該造訪塔列蘭的。

「——雨一直沒停呢。」

美星小姐也順著我的動作將視線移向窗外，說出跟剛才同樣的話。

雨會令人顯得無精打采。我相當熟稔的美星小姐，此刻看起來彷彿素不相識的某人。這時，我在我們之間感覺到剛上國中時，那種難以與同學攀談的尷尬感。如今，我一邊感受著與她之間的這種尷尬，不發一語地繼續啜飲咖啡。

5

進入六月不久，我與真子再度於Roc'k On咖啡店相見。她上次道別前曾說過「還想再來」，於是我原本就認為會再見面。

我首先將美星小姐的推理告訴她，接著，對我十一年來完全沒有察覺的、她的好意向她鄭重鞠躬致謝。

「當時真的非常感謝妳。」

「這麼說來，的確有那麼一回事啊。」

真子坐在座位上喝著她點的咖啡，露出苦笑。

「我當時真是多管閒事，對吧？」

「怎麼能說是多管閒事呢？」

「你提起之前，我完全忘了這件事呢。怎麼會事到如今才發現？」

「我時常造訪某間咖啡館，那裡的咖啡師非常聰明。我一跟她提起那把傘的事，她立刻就看穿了。」

我明明想對美星小姐隱瞞真子的事，卻很自然地對真子說出美星小姐的身分。這種差異是怎麼回事呢？我心想。

「哦，竟然有那樣的人啊。」

真子將頭髮撥到耳後。我從上次收到的名片得知，她現在京都市內的美容院工作。

「話說回來，真虧妳能想到那種計畫啊。」

「你還記得我總是在看書吧。」

我點點頭。那時，每當我前往河畔，她總是早我一步先到，坐在草地上翻閱著文庫本。

「我從以前就很喜歡像那樣沉浸於人類創作的故事世界裡，也很喜歡自己幻想故事。我當時會幫助你，或許只是想導演一齣宛如故事情節的事件罷了。那只是自我滿足，並不僅是為了你。」

「不過，多虧了妳，我的國中生活過得相當充實。」

「不，你錯了。」

「咦？」她斬釘截鐵地否定，令我愣了愣。

「因為就算我不出手幫忙，你應該遲早也會交到朋友。那個女孩願意協助我，也是由於她並不討厭你，而且相當在意你在班上受到孤立。只是製造出改變狀況契機的人碰巧是我罷了，即使放著不管，我想事態依然會逐漸好轉喔。」

在我聽來，那不過是謙虛之詞，而且我不認為事情會像她說的那樣。

「我想向妳表達謝意。如果可以，能不能陪我一天？」

我如此開口，真子睜圓了眼。

「事到如今還表達什麼謝意……不過，見個面當然是無妨。」

「這不僅是單純的致謝，也包括與妳之間的約定。」

「約定？」

我回想起頭一次與真子見面的事。

「我剛剛不是說我認識一位咖啡師嗎？她所沖的咖啡完美地重現囉——足以表現那位塔列蘭伯爵至理名言的理想咖啡。」

真子開心地拍手，表情亮了起來，宛如回到我們邂逅時那般活潑燦爛的表情。

「務必要讓我品嘗看看。」

「那麼，我們下次一起去吧。雖然像是在開玩笑，不過那間咖啡館就叫作『塔列蘭咖啡館』……」

我的心情又像回到國中時代般單純，僅僅想著要讓真子開心。

——沒錯，我只是想讓她開心罷了。

再加上達成跨越十一年的約定，讓我感到有點洋洋得意。

無論再怎麼戲劇化的事，必定都是從極為微不足道的小事開始。像是原本只浸在小溪中，卻不知不覺被大河淹沒一般。睽違十一年再重逢的我們，早已被捲入了命運的急流之中。

我完全想像不到，接下來我們將會迎向何種發展。

存在於此的，僅有酸甜苦悶的初戀滋味——明明早已淡忘，如今也已不再抱持任何想像，自己卻因遇見這令人懷念的情感而有些飄飄然。我明明很清楚不應該如此的，我實在是愚蠢得無可救藥。

那年夏天的記憶，被真子的側臉及雨的氣味占據了大半。

****

【某封信】

你讀到這封信時，我應該已經不在這世上了。

二

於猿辻濡溼的袖子

1

——你有夢想嗎？

那件事發生在我升上國中後第一個暑假前夕，一個天氣晴朗的日子裡。我與真子並肩坐在河堤時，她唐突地這麼詢問。

當時，我在學校已經交到了朋友，無需再因此感到寂寞。即使如此，我依然不改每週一來到河畔的習慣。莫名就這麼做了——才怪。老實說，是因為我想見真子。雖然知道只要前往她工作的美容院就能見到她，但這對國中男生而言，難度實在太高了。

「夢想？為什麼要問這種事？」

——沒什麼。我只是想到自己從沒跟你聊過這類話題罷了。

我再度試著思考關於夢想的事，令我吃驚的是，腦中完全浮現不出任何詞彙。到了這年紀，我總算了解孩提時代所描繪的狂妄夢想——運動選手、漫畫家、太空人等等——自己是無法實現的。話雖如此，卻也沒什麼能取而代之的現實目標，因此我只能這麼回答真子：

「我沒有什麼夢想。」

——又來了。用不著害臊嘛！

「才不是，我是真的沒什麼想法。」

於是真子刻意嘆了一口氣。

——什麼嘛，真是無趣的男生。

我也覺得自己是個無趣的人，但這時因為真子這麼覺得，令我大受打擊。我噘起嘴回嘴：

「真抱歉喔。妳有夢想嗎，真子小姐？」

真子彷彿凝望著對岸般揚起下顎，她回答：

——我的夢想是成為很棒的新娘子……喂，你為什麼要笑啊？

「因為……又不是幼稚園的小女生。而且，任誰都會結婚不是嗎？」

對我這個國中生而言，大人基本上都會結婚。

——沒那回事喔。

真子的聲音聽起來有些沮喪。

——也有許多人明明想結婚卻結不了，而且即使結了婚，也未必就能幸福，所以我才說想成為「很棒的」新娘子。

連我這個國中生，都能察覺到話語背後似乎有某些隱情。然而，到底是什麼事？當場追問究竟恰不恰當？我的人生經驗過於貧乏，還無法做出適當的判斷。

我一邊假裝換個無關痛癢的話題，同時問起一件我從很久以前就一直很在意的事：

「真子小姐，妳有男朋友嗎？」

——哎呀呀，你會在意這種事？難不成你想追我？

「才不是，只是順勢問起而已。」

我這輩子從沒像這時候那麼感謝夕陽，真子想必沒有察覺我臉頰上的紅暈。

——也就是說，是在詢問我關於「成為新娘子」的預定計畫吧？哎，目前還在誠徵男友啦！

她這麼說完，目不轉睛地凝視著我。

「做、做什麼啦！」

——嗯，不過要跟國中生交往還是有點難度，而且總覺得這麼一來，不曉得我的夢想還得等上多少年才能實現啊。對不起。

「我又沒說想跟妳交往。」

真子嘻嘻笑著。我為了掩飾內心的氣餒，裝出一副鬧彆扭的態度。

雖然現在的氣溫令人坐著不動也會冒汗，但拂過傍晚河堤的風相當涼爽。真子穿著短袖襯衫的臂膀，在陽光的沐浴下閃閃發亮。

「妳的夢想不就是成為髮型設計師嗎？」

我凝望著她隨風飄動的秀髮，突然浮現這個疑問。

真子將雙手往後撐，讓上半身向後仰。

——這個嘛，那曾經是我的夢想。不過，現在卻實現了。

「『現在卻實現了』這種講法聽起來，簡直像是希望夢想不要實現似的。」

——不是那樣的。所謂的夢想，從實現的那一刻起，就再也不是夢想了喔。

「這是什麼意思？」

——因為那就變成了現實。該怎麼說才好呢……就像是原本以為非常好吃的水果，實際採收後，才發現可以食用的部分只有一丁點兒，而且品嘗之前，還得先辛苦剝下厚厚一層皮。就是這種感覺。

「我不太能理解。」

——你總有一天也會理解的。你讀過《源氏物語》嗎？

這話題跳得還真遠。我被她弄得暈頭轉向，摸不著頭緒。

「我知道《源氏物語》，但沒有讀過。」

——那我告訴你一件好事。

真子開始翻找自己身旁的皮包，不一會兒就拿出一本文庫本。

——我最喜歡《源氏物語》，已經反覆讀過好幾遍了。

她將文庫本的封面朝向我，那是《源氏物語》的白話文譯版，似乎是分成許多集的系列作其中一本，書名下方標著集數。

——這本文庫本是〈宇治十帖〉，收錄了《源氏物語》最後一段故事，最後一回的第五十四篇叫〈夢浮橋〉。這一共多達五十四回的大長篇，最後是以〈夢〉為名的篇章做總結。

「哦……是故事中出現了叫這個名字的橋嗎？」

——不，不是那樣的。《源氏物語》大部分的篇名確實是取自出現在故事中的話語、事件，或是在故事中吟詠的和歌。但這篇〈夢浮橋〉，據說是取自某個不知名作者所吟詠的古和歌「世間恆常，猶如夢中渡浮橋，過橋之際，此心亦愈發煩憂」而命名的。世間宛如在夢中渡過浮橋般，在過橋的同時，會一邊煩憂著許多事情——我想這首和歌大致上是這個意思，真子如此解說。

「哦。那麼，妳所謂的好事是……」

——你難道不懂嗎？

「咦？」

真子原本啪啦啪啦地翻著頁，這時卻啪地闔上文庫本。她瞥向我的眼神微微透出寒意。

——在渡過夢中那座浮橋的瞬間，這部大長篇就邁向了結局，簡直就像是象徵著「夢想從實現的那瞬間起就再也不是夢想」的世間常理，不是嗎？

2

我在太陽升起前醒了過來，就這樣躺在床上，回想起不知何時與真子聊過的內容。

六月也即將進入中旬。週一，是個聽不見雨聲的寧靜清晨。不久，光線從窗簾的縫隙間直直透入，我因而得知今天是個好天氣。

我知道自己睡不好的原因。因為我跟人做了約定。

我約好要帶真子前往塔列蘭咖啡館——而今天就是實現這項約定的日子。

我一心想讓她高興才與她如此約定，然而事後冷靜下來仔細思考，似乎又不僅如此。

我應該是想藉由將真子介紹給美星小姐，整理自己內心某處歉疚的情緒吧，對於我在美星小姐面前提起真子感到猶豫，抑或是害怕讓美星小姐得知真子的事——我應該是想藉此消除這種僅能說是毫無意義的情感吧。

即使真子是我從前憧憬的對象，如今也已經嫁作人婦。國中時代那過於青澀且夢幻的戀慕之情，事到如今也不可能回來。而且，包含一同經歷的過往在內，我將美星小姐視為非常重要的存在。既然如此，根本沒有必要相互隱瞞，沒有任何隱瞞是最好的。

我從床上起身。似乎會變熱——我有這種預感。

我與真子約好午後在出町柳站見面。

從我所住的北白川過來這裡相當近，對於住在京阪電鐵宇治線沿線的真子而言，交通也算便利。不過，從出町柳站走到塔列蘭咖啡館則有好一段距離。如果要從同為京阪線的車站下車，神宮丸太町站或三条站近多了。

那麼，我們為什麼要刻意約在這站見面？

「機會難得，我們去那間咖啡館前稍微散個步吧！我最近總是在工作，沒什麼時間運動。」

昨晚，真子突然打電話來這麼說。

我沒理由拒絕，於是就同意了真子的提議。

如果只是要去塔列蘭咖啡館，從出町柳站出發是遠了點，但若是想順便散步，這距離反而剛剛好。因為是最短徒步三十分鐘左右的距離，也可以稍微運動運動。

出町柳站位於賀茂川與高野川匯流成鴨川的地點，也就是所謂的三角洲東側。地底下與地面上分別有京阪電鐵及叡山電鐵的車站大廳，是交通樞紐，不過車站本身並不大，車站大樓裡頂多只有速食店及影帶出租店。周遭雖然也散布數間餐廳，但給人的印象不是很繁榮。

我在叡山電鐵剪票口正面、京阪電鐵車站的七號出口等著真子。她從地下室往上延伸的樓梯現身，一發現我就輕輕揮手，不過步伐並沒有改變。

「久等了。抱歉，突然提出想散步的要求。」

「不，不要緊。」

她頭戴看似涼爽的白色帽子，身穿灰色開襟薄毛衣、內搭黑白條紋的針織衫，下半身則穿著七分褲及藏青色布鞋。她的裝扮輕鬆好行動，也顯得相當時髦，與她髮型設計師的形象相符，可看出她對時尚的堅持。她的手上拿著一個大小與肩同寬的白色托特包。

「今天是週一，美容院公休吧。」

真子本來想穿越川端通，但號誌才剛變成紅燈，我們便站著聊了起來。

「嗯，對啊。」

「妳的先生在上班嗎？他從事什麼行業？」

「……為什麼要問這種事？」

真子的聲音原本就比我記憶中十一年前的聲音略微低沉，而她現在的聲音則壓得更低，令我打了個寒顫。

「不，我只是在想，不曉得妳先生知不知道今天的事……萬一不小心被他撞見妻子與不認識的男人走在一起，感覺還是不太好吧？」

「哎呀，你真愛操心。」

隨著這句話，真子又恢復了自然的微笑。

「你這種膽小的地方一點也沒變，跟以前因為不敢跟班上同學攀談而煩惱的時候一模一樣。」

「被妳這麼一說，我還真無法回嘴啊。」

「別擔心，我丈夫今天絕對不可能會看見我們。說到底，我們也沒做什麼虧心事，只要抬頭挺胸就好。」

號誌轉為綠燈。我與真子一同走過斑馬線。

早上的預感成真，今天是個令人聯想到盛夏的炎熱日子。顧慮到穿著儘管輕薄但仍是長袖開襟毛衣的真子，我這麼詢問：

「妳穿這樣不會熱嗎？」

真子輕撫著上手臂回答：

「因為我不太想曬到太陽。」

陽光確實很烈，而河畔步道上的林蔭並不足以遮擋光線。

我們沿著川端通南下，走過賀茂大橋移動到鴨川西側。我詢問帶路的真子：

「那麼，妳想在哪裡散步？」

「想請你陪我去一個地方——你還記得我很喜歡《源氏物語》嗎？」

「當然記得。現在還是一樣喜歡嗎？」

「是啊。我會搬來京都也多少跟這有些關係。」

因為是平安時代貴族的故事，舞臺是以京都為中心。

「然後呢，在京都御苑附近有座名叫盧山寺的寺院，那裡有著紫式部的故居喔。因為是與《源氏物語》有關聯的地點，我造訪了好幾次呢。」

「喔，我不知道耶，從來沒去過。」

「那裡的庭園被稱為『源氏庭』，庭園裡的桔梗差不多要盛開了。因為你要帶我前往的咖啡館離那裡也不算遠，我才會想順道去走走。」

我們沿著今出川通往西前進，在緊貼著京都御苑旁的前一條路——寺町通——左轉。雖然馬上變成僅容車輛單向通行的小路，但由於面對町屋[1]風格的商店、小學或寺院等，因此不會讓人感到寂寥，相當適合散步。不過是稍微離開河原町通這條主要幹道一些，就

1 町屋是指位在都市主要道路旁，數間緊連的住商一體式建築物。

成了如此寧靜沉穩的街道，真有意思。

稍微往南前進，左手邊就可以看見廬山寺了。壯觀的寺院大門右側寫有「天台圓淨宗大本山」幾個字，左側則寫著「源氏物語執筆地　紫式部宅邸址」。

「大本山……嗎？還真是歷史淵源的寺院啊。」

「沒錯，正確名稱為『廬山天台講寺』。這座寺院原本建於別處，據說是在豐臣秀吉時代[2]，奉正親町天皇的飭令遷移至此的喔。這裡原本是紫式部的曾祖父藤原兼輔建造的宅邸，包括與藤原宣孝的婚姻生活，紫式部一生中有大半時間是在這裡度過的。」

知道得真詳細。我深感佩服地跟在真子身後穿過寺院大門。

正前方隨即可看見一幢古色古香的廳堂。廳堂前方設有香油錢箱，從屋簷筆直垂下的麻繩尾端掛有「鱷口鐘」——在神社參拜時，會鏗啷鏗啷地搖響鈴鐺，而在寺院裡，則是要先敲響這種扁平的鐘。

「這裡就是正殿嗎？」

我詢問，真子搖搖頭。

「不，這是元三大師堂，是祭祀天台宗高僧良源，也就是元三大師的佛堂喔。」

我們參拜後往右邊前進。沿著鋪有碎石子的參道走了一會兒，左方設有櫃檯。這裡也是能令人感受到歷史感的日式建築，其後方似乎就是正殿。

我們脫掉鞋子走上去，支付參觀費給櫃檯的女性。沿著走廊前進，馬上就來到了緣廊區。鋪有白沙的美麗庭院映入眼簾。

「很饒富情趣吧。這就是源氏庭，令人百看不厭呢。」

不知何時，真子已經在緣廊坐下。我也並肩坐在一旁。

苔類在白沙之間宛如浮島般隨處生長著。從中央一塊格外大片的青苔島上長出的松樹旁，可看見刻有「紫式部宅邸址」的石碑。許多修長的桔梗則宛如刺進苔類般筆直林立。

「花沒開幾朵啊。」

雖然庭院景致令我深受感動，但我第一句說出的卻是這樣的感想。真子苦笑。

「因為七月之後才會正式進入花期啊。是我太早約你了。」

「不，不過的確有開花……哦，這裡是展覽區啊。」

因失言而焦急的我轉往後方，從敞開的拉門走進鋪有榻榻米的房間。這裡展示著許多與《源氏物語》相關的資料，如《源氏物語》的繪卷、各卷中繪製的合貝遊戲裡使用的貝殼實物等等。

我看得出神時，真子也走了過來。

2　於日本曆天正年間（西元一五七三～一五九三年）遷移至現址。

「你在那之後讀過《源氏物語》嗎？」

那之後指的應該是國中時代到現在吧。

「不，很難為情的是……沒跟妳見面後，我對那部作品就完全提不起興趣了。」

真子雖然也看著展示品，卻沒有興奮的感覺。應該是早已看慣了。

「從現在開始也好，一定要去讀讀看喔。我特別喜歡〈宇治十帖〉。」

「這麼說來，妳現在住在宇治對吧？」

「嗯。你讀完《源氏物語》後，一定要來宇治玩喔。我帶你一起逛逛相關景點。」

我雖然點頭應允，卻心想「這可不能輕易答應啊」。畢竟《源氏物語》可是全五十四回的大長篇，而且舞臺不是現代，是平安時代的貴族社會。我對當時的文化背景一竅不通，閱讀現代白話翻譯版已經是極限，即使如此，還是會出現許多看不懂的詞彙。我平時沒有閱讀習慣，突然要我讀完那樣的大作，我辦得到嗎？這令我非常不安。

「總覺得似乎會花上很長一段時間。」

「這對任何人而言都是一樣的，畢竟是那樣的長篇作品啊。俗話說『千里之行始於足下』嘛。」

我們欣賞完所有展示品後，就離開了廬山寺。

走出寺院大門時，真子邊環顧左右邊說：

「咖啡館位於二条通一帶吧？機會難得，就穿過御苑前往吧。」

正前方可以看見以擁有京都三名水之一的「染井」而聞名的梨木神社，神社後方就是京都御苑。

「這主意真不錯。今天天氣很好，走起來一定很舒服。」

「這裡離石藥師御門很近，不過要稍微折返一點路。」

我完全搞不清楚京都御苑各道門的名稱。跟著真子折返的路上，在往右轉的小路對面看見一間小店擺出的立式招牌。真子瞇細雙眼。

「那間店是什麼呢？我在過來的路上沒注意到。」

「呃……招牌上寫著『手工飾品舖』喔。」

「啊，我喜歡這種店。欸，可以稍微過去看看嗎？」

「好啊。」我一邊心想著「終於變得像約會一樣」這類的事，回應身旁興奮的真子。

我們打開嵌有玻璃的木框門扉，個頭嬌小的女店長以笑容迎接我們。

「歡迎光臨。」

這是間小而雅致的店家，中央的臺座及牆上的盒子裡擺滿了手工製作的飾品。因為真子看往牆上，我便眺望著稍遠處臺座上的商品。

我雖然也會隨興地配戴飾品，但並沒有特別值得一提的喜好或堅持。我原本只打算以

「與真子同行的友人」，或者是「只看不買的顧客」身分在店裡亂晃，但這時，某個商品吸引了我的注意。

「這是……真的咖啡豆。」

我拿起的是以兩個為一組販售的吊飾，分別以半圓形的透明樹脂包住一顆烘焙過的深褐色咖啡豆。商品包裝上寫著「戀愛護身符」的字樣。

「這是新商品，很可愛吧？」

或許是聽見我的自言自語，店長為我說明。

「如客人您所說的，這是使用真的咖啡豆。」

「為什麼說是戀愛護身符？」

「這是使用了同一顆咖啡果實中的兩顆咖啡豆做成的成對吊飾。藉由讓男女朋友各帶著一個吊飾，以祈願兩人能心心相印，讓戀情開花結果。」

一般而言，稱為「咖啡果實（Coffee Cherry）」的紅色果實之中會有兩顆豆子，由於兩顆豆子相貼的那一面是平的，因此一般的咖啡豆都被稱為平豆。

「原來如此，將從同一顆果實中取出的咖啡豆……真有意思。」

「託您的福，這相當受歡迎。畢竟在京都有許多人喜歡咖啡呢。」

「而且也有許多名店啊，人們對咖啡豆應該也很熟悉……真子小姐？」

我在與店長交談的期間，無意中轉過頭去，接著吃了一驚。

真子正看著我們這裡，撲簌簌地掉著眼淚。

「真、真子小姐，妳怎麼了？」

我倉皇失措的聲音似乎令真子回過神來，她以指尖擦拭眼角。

「咦？我為什麼會哭呢？」

「發生了什麼事嗎？該不會是我說了什麼不該說的話？」

「不，沒那回事，你別在意——對不起，可以借個洗手間嗎？」

真子轉向店長。店長似乎也難掩動搖，但還是回應了真子。

「洗手間在後院……請往這裡走。」

真子穿過櫃檯內側消失在門後。接著，我對走回來的店長低頭致歉。

「對不起，給您添麻煩了。」

「不會，別這麼說。」

「不過，她為什麼會哭呢？我們說了什麼會讓她落淚的話嗎？」

「……恕我失禮，請問您與那位小姐是情侶，或是夫妻關係嗎？」

這深入的問題令我不知所措，但她似乎有些想法。她會這麼想也是理所當然的。我一邊想著，擺了擺手。

「不，我們只是普通朋友……咦？她沒戴婚戒嗎？」

「她左手無名指上並沒有戒指。」

我沒有察覺到，她今天沒戴嗎？不愧是飾品舖的店長，眼睛真尖。

「她已經結婚，有丈夫了。」

「是這樣啊……不，我原本以為她是不是有什麼戀愛上的煩惱。因為我們原本正在談論著戀愛話題。」

經她這麼一提，確實如此。再加上無論是我與真子重逢那天或今天，她似乎都刻意避談自己丈夫的話題。搞不好他們相處得並不和睦。

總之，既然給這間店添了麻煩，總不能什麼也沒買就離開。我在等待真子的期間，買下了那組咖啡豆吊飾。

3

真子從洗手間回來時，已經停止了哭泣，似乎也重新補了妝。

「你買了東西啊？」

她指著我手中的紙信封袋詢問。

「啊，對。我買了剛才那組咖啡豆吊飾……」

「要送給待會兒要去的那間咖啡館的咖啡師？」

真子露出不懷好意的笑容，而我則語無倫次地回答：

「啊，呃，是這樣沒錯……這種事無關緊要吧。話說回來，真子小姐妳要不要也買一組呢？或許有買有保佑喔。」

我當然無法明白地說出「或許能改善妳與先生之間的關係」這種話來。他們之間相處得不和睦畢竟是我的想像，我並不知道自己有沒有猜對。不過，或許能藉由推薦她購買戀愛護身符，若無其事地問出話來也說不定。我這麼想。

但很遺憾，真子似乎不感興趣。

「我就不必了，我才不可能送這種東西給他。」

竟然用「這種東西」形容店裡的商品，這種說法聽起來有些刺耳。幸好店長正在接聽剛打來的電話，並沒有聽見我們的對話。

我們走出店舖，繼續散步，不到五分鐘就走到了石藥師御門。

環繞京都御苑的石牆及樹木，在一處往內凹進去。前方設有防止車輛進入的木製柵欄，另一側的石藥師御門則敞開著。那是座以木頭柱子支撐著屋瓦的簡樸門扉，在石牆及門扉間的縫隙，也以木製柵欄遮擋。

穿過門後，寬敞的碎石子道筆直往前延伸。我先走了十步左右的距離時，真子從後方叫住我。

「欸。」

我回過頭去，看到了真子比平時更嚴肅的表情。

「我啊——」

然而，在下一瞬間，發生了令人意想不到的事。

「啊呀！」

爆裂聲傳來，某種液體飛濺。縮小的橡膠物體啪地掉落地面。

「這……這是什麼？」

「真子小姐！妳、妳沒事吧？」

真子的帽子及衣服都變得溼漉漉的。我終於理解到發生了什麼事。水球從她的頭頂上掉落下來，而且不只一個，好幾個水球殘骸落在地面。她直接遭襲擊而溼透。

我連忙環顧周遭，但沒有半個人在。雖然懷疑是不是誰從附近的樹上扔下來的，卻也沒發現爬樹的人。

「這是水嗎？」

真子從提包裡拿出毛巾擦拭身體，我怯怯地詢問。

「我想是的，並沒有奇怪的氣味。只要過一段時間應該就會乾了，但……」

糟透了。這句低喃概括了她的情緒。

「究竟是誰做出這種事……是惡作劇嗎？」

「我不知道，但真是惡劣。」

真子轉過身。在我開口詢問她要去哪裡之前，她就先告訴我了。

「雖然不會冷，但這樣下去感覺不太舒服，我想換件衣服。記得河原町通上應該有服飾店。」

「當然好，我們走吧。」

在步行約五分鐘左右的地點的確有間服飾店，客群應該是比真子年長的對象，不過真子仍在商品中挑出幾件適合自己的上衣，進入試衣間更換。店長看見渾身溼透的真子，似乎吃了一驚。她向我搭話：

「她發生了什麼事啊？」

店長是一名中年婦女，語調雖然有些過於熱絡，但相當親切，不會令人感到不快。

「我們原本正在散步……前往京都御苑、穿過石藥師御門後，突然有水球從她頭上砸了下來。」

結果店長說出了別具深意的話來：

「哦哦，是猿辻的……」

「您知道些什麼嗎？」

我探出身子詢問，店長嘴角扭曲。

「你不知道嗎？最近引起了小小的騷動呢。」

於是我向她詢問了詳細情況。

所謂的猿辻，指的是建於京都御苑內的京都御所東北角——鬼門，亦即寅丑方向的圍牆內凹處，屋簷下置有木雕猿猴。根據傳說，從前這隻猿猴每晚都會跑出來對行人惡作劇，因此才架設鐵絲網封住牠。

「這陣子相繼發生在夜裡走近猿辻，就會遭水球襲擊的情況。報紙及網路新聞都有報導。」

「竟有這種事……」我完全不知情。

「『地點』以及『到了夜晚就會有人惡作劇』這兩點，都與猿辻的傳說相符，因此才會出現『會不會是那隻猿猴做的好事』的傳聞。搞到最後，甚至還有人聽見了猿猴的啼叫聲哩。哎，我想這八成是知道傳說的人覺得有趣而做出來的事……這下子，終於在光天化日之下光明正大地這麼做啦。」

「難道沒有強化警備嗎？」

「畢竟只是被水潑溼啊。而且在這個季節，也不會因為弄溼而著涼。我想大概沒什麼人會把這看成什麼嚴重的事件。」

試衣間的簾子被拉開，真子換好衣服後現身。她身穿印有圖案的T恤，外搭長袖白襯衫。

「如何，適合嗎？」

即使在這種時候，她似乎仍相當在意自己的外表。

「很適合。」我由衷地回答。

將溼掉的衣服裝進店家提供的紙袋後，我們走出了服裝店。太陽已開始西斜，但天氣依然炎熱。真子，還是穿著長袖，因為帽子內側似乎沒有溼透，她仍直接戴著。

「女性果然都不想曬黑？」

我不由得試著詢問。以前即使是在盛夏的陽光下，她也會滿不在乎地露出肌膚。她變了啊，我心想。

或許是察覺到我內心的想法，她輕撫著手臂回答：

「跟年輕時相比，我的膚質似乎變差了，只要長時間曬太陽就會變紅。」

「這樣啊……體質是會改變的啊。」

「是這樣沒錯，但你似乎尚未體會到這點呢。你現在終於跟當時的我年紀差不多了。」

「準確地說，我現在比妳當時大了三歲。」

「那還是差不多。年輕真好，令人羨慕啊。」

真子小姐也還很年輕啊。我雖然由衷地這麼想，卻有些遲疑，不曉得該不該說出口。

「關於水球的事……該去找人談談嗎？比如說警方。」

我慎重起見地確認，但真子一笑置之。

「不必了。雖然火大，但只是稍微淋溼而已。比起這個，我們快去喝咖啡吧。」

聽見預料中的答案，我開始帶路，沿著河原町通往南走。

慢慢地走了近三十分鐘後，在道路前方看見了塔列蘭咖啡館。穿過兩棟住宅屋頂形成的隧道時，真子形容「好像祕密基地」，相當有趣，確實像是喜歡故事的真子會有的想法。

推開沉重的門扉，鏗啷的鈴聲響起。吧檯裡的美星小姐抬起頭。

「歡迎光臨，等候多時了。」

「妳好。這位是我的朋友小島真子小姐。」

「喂，我現在姓神崎了。」

「啊，對喔。」

我搔搔後腦杓。真子笑了。

「她就是這間店——塔列蘭咖啡館的咖啡師切間美星小姐。」

「幸會。」美星從吧檯裡走出來，鞠躬致意。

「寫成『美』麗的『星』星的美星小姐嗎？真是美麗的名字。」

「謝謝誇獎。請坐這裡。」

在美星的催促下，我們坐到窗邊的座位。空調開得很強的店裡相當涼爽。真子將帽子、提包及紙袋全放在隔壁的椅子上。

我還是老樣子，點了兩杯常喝的咖啡後，美星小姐就回到吧檯。取而代之地，是藻川先生晃了過來。

「我是藻川又次，這間店的老闆。請多多指教。」

他伸出手想跟真子握手，而查爾斯在他的肩上喵喵叫。

「啊，多禮了，你好……」

真子雖然感到困惑，仍握手回應，而我則托腮看著他們。

我沒有自信斷言自己的眼光公正，但真子的容貌端整，稱為美人也當之無愧。喜歡美麗女性的藻川先生絕不可能放過。現在也一樣，他會假裝握手致意，也只是想找個好藉口碰觸真子罷了。

我有些傻眼，而藻川先生在放開真子的手後，倏地用臉逼近我。然後用手圈起圓筒狀，湊在我耳邊說道：

「你終於對我們家的幼齒咖啡師感到厭倦，把目標換成年長的大姊姊啦？」

「才——才不是！」

我下意識地大喊。真子吃了一驚，美星小姐也停下了正要將咖啡豆倒進磨豆機的動作。

我的臉頰發燙，突然覺得飄飄然揮手而去的藻川先生真是討厭，就連如往常般在他肩上喵喵叫的查爾斯也惹人煩。不過這是遷怒。

真子納悶地湊過臉來。

「怎麼了，那個人對你說了什麼嗎？」

「沒說什麼。反倒是妳為什麼會認為他對我說了什麼呢？」

「問我為什麼……因為你剛才喊得很大聲啊。」

「我才沒有大聲喊叫哩。哈哈，妳真奇怪。」

「不，你明明就有喊……」

「——啊，對了！美星小姐，我們今天被捲入了某起事件喔！」

因為不想被繼續追問，我硬生生轉換了話題。倒不如說，是換了交談對象。

「你是說事件嗎？」

她的眼神變了。這時她正好開始喀啦喀啦地磨起咖啡豆。

我將今天到這裡之前的事告訴美星小姐。雖然美星小姐頭腦聰穎，擅長解謎，但今天的事件，她想必無法解決。猿辻的惡作劇如果是從以前就持續到現在，就不太可能掌握犯人的身分。我在她沖好咖啡之前的這段期間，當作打發時間，將實際情況告訴她。

美星小姐主要在兩個時間點有反應。第一個是在我提起手工飾品舖時。

「我去過那間店呢。」

「妳知道嗎？畢竟離這裡不太遠啊。」

「是的。自從我在散步時發現後，就去過好幾次。」

美星小姐的住處距離塔列蘭咖啡館步行不到十分鐘。京都御苑一帶對她而言，是適當的散步路線吧。

「我不知道那間店可以借用洗手間，但我曾聽店長說店舖是用車庫改裝而成的。」

我實在無法將真子落淚的事告訴美星小姐，於是在按照時間順序描述情況時，我只說了真子前往洗手間而已。

另一個有所反應的時間點，是我一講完整件事之後。

「猿辻的惡作劇事件我知道，這件事最近的確蔚為話題。」

美星小姐這麼說完，看向真子放在旁邊椅子上的紙袋。

「那麼，袋子裡裝的就是溼掉的衣服？」

「沒錯。」真子回答。

「您如果願意，我來把衣服曬乾吧。現在還有太陽，氣溫也很高，我想很快就能曬乾。」

「啊，可以拜託妳幫忙嗎？」

美星小姐從店裡取來幾個衣架，接過真子手中的紙袋，走出店門外。她將衣服掛上衣架，掛在屋簷下後，立刻又回到店裡。

「謝謝妳。」

真子致謝，美星回以微笑並接著問道：

「話說回來，今天很熱呢。雖然已經磨好了咖啡豆，但兩位真的要喝熱咖啡嗎？」

「是啊。因為我聽說這裡的咖啡味道，相當符合塔列蘭伯爵的至理名言。」

「告訴我塔列蘭那句名言的人，就是真子小姐喔。」

「是這樣啊。接下來我會花幾分鐘沖咖啡，青山先生，不好意思，能過來幫我端咖啡嗎？」

嗯？我感到疑惑。她不可能無法一個人端兩杯咖啡。

一定有什麼原因吧。我按照她所說的從座位上起身。

美星小姐將磨好的咖啡粉倒進法蘭絨濾布，拿起水壺注入熱水萃取咖啡。她一邊看著咖啡粉冒氣膨脹，一邊若無其事地在我耳邊低語：

「────」

「咦？」

我因為她的話受到衝擊，瞥了真子一眼。真子正漫不經心地眺望著窗外，並未注意到我們的互動。

請我幫忙端咖啡果然只是藉口。我先回到窗邊的座位，詢問坐著的真子：

「妳都不脫下長袖上衣呢。」

我注意到真子倒抽了一口氣。她輕撫著手臂一帶。

「為什麼這麼問？」

「不，我只是想說應該已經不需要在意陽光了。」

「空調很強，我也不覺得熱。」

「不過，我們接下來會喝熱咖啡喔。妳真的不會覺得熱嗎？」

「…………」

「還是妳有什麼不能脫下襯衫的理由？」

這個問題相當殘忍，我很明白。然而我無法不去確認美星小姐在我耳畔所說的話。真子若是有什麼困擾，我想成為她的助力。

真子無力地垂下頭，又繼續輕撫著手臂。

「那位咖啡師察覺了吧？畢竟你說過她很聰明啊。」

美星小姐一語不發地看著真子。

「我不想脫下來，因為有淤痕。我被他……稍微……」

是家暴嗎？沉重的事實令我也跟著低下了頭。

果然與美星小姐觀察到的一樣。她從真子現在仍穿著長袖服裝，以及剛才掛起的上衣也是長袖這點，立刻判斷出這個可能性。真子不同於以往地在意日曬這點，也讓我覺得不太自然，她說膚質變差果然是謊言啊。

從真子截至目前為止的態度，我也能察覺他們夫妻之間的關係並不融洽。她在聽見戀愛護身符的話題時，甚至還突然落淚。今天與我見面時會取下婚戒，一定也是她期待能忘懷平日陰暗生活的表現吧。

「為什麼要這麼做……」

我呻吟。雖然是自己挑起的話題，但看見真子痛苦的模樣，仍令我難受。

「除了我以外，他還有其他女人。我們總是為了這件事起爭執……他一時激動就會動手。雖然我也會盡量避免說出沒必要的話，但有時還是無法忍耐。」

真子悲傷地說著。我忍不住拍拍胸膛。

「有什麼我能幫得上忙的地方嗎？」

「幫忙……？」真子愣愣地說。

「比如說我能為妳做些什麼？因為，這樣下去，妳太過痛苦了。」

「做些什麼嗎……坦白說，我會想要一個可以逃避的場所吧。有時當他憤怒發狂時，我會覺得無法繼續待在家裡。」

「那麼，到時候請聯絡我，如果妳願意，暫時到我家來避一避也無妨。」

「嗯，謝謝。」

真子浮現的笑容令人不忍。我不由得多管閒事地順勢脫口：

「還是分開比較好吧？你們還沒有孩子吧？」

然而真子卻搖搖頭。

「你不明白。沒有那麼容易。」

我沒有結婚經驗。因此她若說我不明白，我也就無可奈何了。

叩咚一聲，杯子擺在我們面前。不知何時，美星小姐已經沖好咖啡端了過來。

真子說了聲「謝謝」，正要將手伸向咖啡時，美星小姐突然開口：

「真子小姐，我明白您的處境或許相當艱難。」

她雖然這麼說，但在我聽來，她的語調卻不帶安慰或情感成分。

我抬起頭。美星小姐的表情相當嚴肅。

「然而，對於您依賴青山先生的溫柔，試圖欺騙他一事，我還是無法視而不見。」

「……美星小姐？」

我下意識叫喚她的名字，但她仍目不轉睛地盯著真子，對我的聲音沒有任何反應。接著，她開口對著一語不發、全身僵硬的真子說：

「扔水球的人是您自己吧。」

4

「妳突然間在胡說什麼？」

回過神來，我已經站了起來。

「說真子小姐手臂上或許有傷的，不正是美星小姐妳嗎？」

然而，美星小姐冷靜地說明：

「我確實聽說猿辻的惡作劇這陣子蔚為話題，而這顯而易見地是模仿猿辻傳說所做的事。既然如此，就不可能會在光天化日下遭到惡作劇攻擊。換言之，我認為今天所發生的事件，是別人在模仿這一連串的惡作劇。」

「這不過是妳的臆測。」我直截了當地反駁：「就算這是他人所為，又為什麼會是真子小姐的自導自演？她沒有理由做出這種蠢事啊。」

「我剛才替真子小姐曬乾的衣服是長袖開襟毛衣，只要她想，隨時可以脫下。如果她是為了掩飾手臂上的淤痕，應該也可以穿長袖針織衫等不脫下來比較合理的衣服才對。」

「那只是時尚感的問題吧？」

「此外，真子小姐現在身上所穿的也是T恤加白襯衫，也是可以脫下的服裝。真子小姐會不會是刻意挑選這類服飾的呢？」

令人聯想到盛夏的氣候，身穿可遮擋日曬卻顯得燠熱的長袖開襟毛衣，此外又點了熱咖啡。真子是藉由湊齊這幾個條件，讓人不由得對於她為何不脫下外衣一事心生疑惑——美星小姐如此說明。

「話雖如此，如果只是穿了長袖服裝，頂多只會讓人覺得『看起來好熱啊』，而不會抱持更多疑問。」

「實際上，我一見到真子小姐時，就立刻詢問她『不會熱嗎』……而她回答我『因為不想曬到太陽』，因此當下我就乾脆地接受了。」

「沒錯吧。為了讓事情照著真子小姐的想法發展，她必須進一步強調自己不脫下長袖服裝一事的不自然程度——為此所安排的，就是模仿猿辻的惡作劇了。」

真子緊咬下脣，並未反駁。

「她只要弄溼自己的衣服，製造出必須換衣服的狀況就可以了。真子小姐應該是從各種方法之中，選擇了模仿猿辻惡作劇這種方式的。」

「請等一下。我親眼看見水球從她頭上砸下來啊，她自己怎麼可能做得出那種——」

「只要把球往上扔就行了吧？」

由於美星小姐過於直接地斷言，我張開雙臂抗議。

「我回過頭去時，真子小姐正看著我啊。如果是看著水球，姑且不論能不能刻意走到水球砸下的位置，單是要往上扔，並讓水球確實朝自己掉下來，根本是不可能的。如果水球沒確實砸到身上破掉，就無法朝換衣服的方向發展了。」

「地上有好幾個水球殘骸，對吧。」

「那又怎麼樣？妳該不會想說，只要一次扔三個，或許就會有一個砸中吧？」

「不是。青山先生，我想問的是，你確實看見每一顆水球落下的瞬間嗎？」

我說不出話來。我的確親眼看見了水球落下，但我無法確認是不是看見了全部。無法保證在我轉過頭去前，地面上是不是已經有掉落的水球了。

「要弄溼衣服，只要一顆水球就足夠了吧。真子小姐讓青山先生走在前頭，接著迅速打破一顆水球，讓水淋在自己的衣服上，然後把剩下的水球往上扔，再叫住青山先生。畢竟只是往正上方扔，掉落的水球砸到身上破掉的可能性很高，實際上或許的確如此。然而，就算沒砸中也無妨。畢竟在真子小姐將剩下的水球往上扔時，她的衣服就已經溼了。」

我回過頭去時，真子的衣服究竟是不是溼的？我想不起來，畢竟那只是一瞬間發生的事。即使在我眼裡看來，真子的衣服是溼的，我也會認為那是隨後遭到水球直擊造成的。

「不，那是因為我被叫住就隨即回頭，才能目睹水球掉落那一幕喔。要是我的反應遲了一拍，就看不到了。」

「但那對真子小姐而言，也只是湊巧運氣好而已，她沒必要非得讓你目睹掉落的瞬間。倘若在青山先生轉過頭時，看見真子小姐渾身溼透，以及腳邊的水球殘骸。這時真子小姐再表示：『有水球掉了下來。』你會懷疑她的話嗎？」

我無法回答。我自己最清楚，想必我不會懷疑吧。

「那、那麼……她是怎麼把水球帶過去的？」

「當然是裝在托特包裡。這個托特包看起來至少可以裝進三個水球呢。」

「難不成妳要說她是從家裡帶來的？如果這麼做，說不準什麼時候會擠破，把裡面的物品弄溼吧？」

然而，就連這點反駁，美星小姐也準備好了答案。

「所以，她才在飾品鋪借用了洗手間吧。」

「美星小姐，妳這個人真是──真子小姐當時哭了啊！難不成妳要說她落淚也是為了執行這項計畫而演戲嗎？」

「……落淚？」

美星小姐會困惑也是理所當然的，因為我剛才刻意隱瞞了真子借用洗手間是因為哭泣的緣故。然而，美星小姐雖然困惑，仍未撤回前言。

「我並不清楚真子小姐為何哭泣……但我認為這與是不是演戲並無關聯。因為即使沒有哭泣，她還是可以借用洗手間。」

「唔，妳這麼一說……」

「既然要把水球裝進托特包裡，對真子小姐而言，她應該會想在盡可能接近猿辻的位置再將水裝進氣球裡。為此，那間飾品鋪的位置正好適合。我想她以前應該曾經造訪過那間店，所以，即使是乍看之下並無洗手間的店鋪，她還是知道只要開口就能借用。」

「店裡的人並沒說過真子小姐不是第一次光顧喔。」

「這種事原本就不該不謹慎地隨意說出口。我也不會突然對帶了朋友的客人說：『您不是第一次來這間店吧？』這種話。」

她說得沒錯。我搔了搔臉頰。

這麼說來，真子當時是對店長說：「可以借個洗手間嗎？」如果是我在那間店裡想上洗手間時，我應該會先詢問：「請問有洗手間嗎？」至少也會說：「請問方便借用洗手間嗎？」才對。雖然僅有細微的差別，但「可以借個洗手間嗎？」這句話聽起來，就像是以「這裡有可以借用的洗手間」為前提而詢問的。

「另外還有一項真子小姐明顯說謊的事喔。」

美星小姐抱著銀色托盤站在那兒，彷彿要給予致命一擊。

「就是京都御苑的門，離廬山寺最近的並不是石藥師御門，而是清和院御門。她沒有必要特意折返，而且只要走清和院御門，就不會通過猿辻附近了。」

一問之下，我才知道只要從廬山寺沿著寺町通往南走將近兩百公尺，就會抵達清和院御門。如果這是事實，確實比石藥師御門近多了。

「不過，她會不會只是不知道這一點？」

「真子小姐曾經多次造訪廬山寺，如果只是不知道名稱就罷了，倘若她連清和院御門的存在都不曉得，未免也太不自然了。更何況，她連石藥師御門的名稱都很清楚。」

只要穿過清和院御門，沿著大宮御所的圍牆筆直前進，就會從京都御所的東南角出去。從那裡往南前往塔列蘭咖啡館，就不需經過京都御苑的北半部了。假如她有意逛遍整座京都御苑，折返到石藥師御門還可以理解，但真子從未對此提過隻字片語。

「……美星小姐，雖然妳一直說真子小姐說謊騙人，但妳自己不也一樣嗎？『真子小姐的衣服底下或許有不想讓人看見的東西。』——不就是美星小姐妳在我耳畔這麼說的?」

因為判斷無法繼續袒護真子,回過神來,我已經開始批判起美星小姐了。這顯然毫無意義,至少不是現在應該做的事。

美星小姐明顯消沉下來。

「對不起。我很想知道真子小姐不惜做到這種地步,也想博得青山先生同情的原因……我想知道她會如何說明不脫下外衣的理由。我認為,若是聽了答案,或許就能察覺真子小姐的意圖。」

美星小姐的話,讓我的頭腦稍微冷靜了下來。

我所認識的美星小姐,雖然有能力揭穿他人隱瞞的真實想法,另一方面,卻也不忘記體貼對方。今天也是,倘若她認為沒有那個必要,就不會當面譴責真子欺騙我的事吧。

「就結果而言,真子小姐表示自己受到家暴,藉此獲得青山先生的同意,可以躲到青山先生家裡,卻不見她進一步要求更多。既然如此,與其思考『她為何試圖博得青山先生同情』,不如視為『她的目的本身就是要博得青山先生的同情』才正確。」

美星小姐說到這裡便停了下來,但我也意會到她究竟想說什麼。簡而言之,真子試圖以自己與丈夫相處不融洽為由,希望與我之間的關係比以往更加親密,是這麼一回事吧——雖然我無法判斷那究竟該稱為戀愛感情,抑或是為了滿足自己的某些算計。

「——真子小姐。」

美星小姐將銀色托盤放在桌上，將雙手撐在上頭，身子整個向前逼近真子。

「我並不清楚您最終對青山先生究竟有什麼期待，也無法且無權左右您藉此令青山先生產生何種變化——但相對地，我擁有發言的自由。所以，請容我這麼說。」

我想美星小姐大概生氣了。她透出某種憐憫以及表裡如一的從容感，看在我的眼裡，她這種態度可說是極度尖銳。

「您沒有必要為了吸引他的同情而做出這種事，只需直接和盤托出即可——因為青山先生是個很溫柔的人。」

從美星小姐開始說話起，真子幾乎是動也不動，微微低著頭噤口不語。她終於抬起頭來時，我原本非常緊張，不曉得究竟會如何發展，但從她口中發出的聲音卻極為平靜。

「我曾聽他提起妳的事，他說妳是個非常聰穎的女性。所以，我想妳應該會對我不脫下長袖外衣一事感到奇怪。接著，只要妳主動揭穿我的祕密，無論他如何判斷，妳一定都無法置喙吧？因為從他的話中，處處可以感覺得出你們兩人之間有相當深厚的交情。」

這令我大吃一驚。也就是說，真子打一開始就不是針對我，而是以「美星小姐會察覺這件事」為前提設計了今天的事？不過回想起來，我自己今天就曾數度提及真子身穿長袖服裝的事，其實她在當下就可以說出遭受家暴了。她之所以沒有這麼做，就是為了讓美星小姐主動指出她袖子底下藏有淤痕嗎？

「不過，真沒想到連我背後的意圖也被妳看透了。是我太天真，太小看妳了。我對於欺騙了他，以及為此試圖利用妳而道歉，真對不起。」

「真子小姐……」

我看著真子將額頭貼在桌上的模樣，無言以對。接著，她坐起身，並從椅子上站起來。

「您要去哪裡？」

美星小姐沉著地出聲詢問，真子回以淺笑。

「我原本很期待妳沖的咖啡，不過我現在實在沒有心情品嘗。」

真子就這樣拿起托特包及紙袋走向店門口。我連忙追了上去。

「真子小姐，等等——」

「你留下來。你有東西想交給她吧？」

我被她制止，停下了腳步。即使如此，我還是認為不能讓她就這樣回去。

「但是，真子小姐，妳襯衫下的……」

「不要緊，你用不著擔心我，因為全都是謊言。」

真子在走出店門口前轉過身來，迅速脫下了長袖襯衫。

她的肌膚依然美麗——上面沒有半點淤痕。

5

「……妳明明可以之後再告訴我一個人的。」

我從脣邊擠出這句話。

我現在正和美星小姐喝著桌上的兩杯咖啡。她坐在真子剛才坐過的、我對面的椅子上。真子俐落地收下曬在屋外的衣服後便離去了。我只能隔著窗戶，茫然地目送她的背影消失在屋簷隧道的另一頭。

家暴一事是謊言。不，她只讓我看到手臂，因此還不能如此斷言。然而，至少她承認自己說了謊。

既然如此，我大可以發怒。她所撒的謊是不該撒的那一類謊言。然而回顧她今天的態度及行為舉止，我仍感覺她似乎有某些嚴重的問題，因此無法責怪她。

「即使沒受到家暴，但她的精神狀態相當危篤——至少難以說是平靜的狀態——而不得不做出這些事來，這也是事實。希望妳能夠再更妥善應對，至少應該先找我商量。」

「……說得也是，是我做錯了。我的應對方式或許不恰當，但我實在無法保持沉默。」

我們認識兩年以來，我曾數度看過美星小姐認真發怒的模樣。特別有印象的，是某人仗著他人的善良，做出濫用其好意的舉止時，美星小姐所展現的憤怒。既然如此，真子今天的行為對美星小姐而言，也是難以原諒的吧。

即使如此，美星小姐現在似乎正在反省而垂下了肩膀。仔細想想，導致這種結果的正是將真子帶來這裡的我。我愈發感到歉疚，也就不再責怪美星小姐了。

「真子小姐想製造出讓美星小姐妳難以干涉的狀況。簡而言之，就是她想藉由躲來我家，讓自己與我的關係變得比現在更加深厚——是這個意思吧？」

「對，我是這麼感覺的。」

坦白說，我與美星小姐並非情侶。然而我向真子說明自己與美星的關係時，真子會認為我們其實是一對，或許是理所當然的。

「老實說，我感到很奇怪。我們熟稔已經是十一年前某段時期的事了，當時我不過才上國中一年級，她應該頂多將我視為親戚的孩子一般。當時我們之間絕對沒有堪稱深厚的情感。重逢後，我的確已經長大成人，但也才見過幾面，而且她還結婚了，她卻突然做出如此極端的行動，令我不由得懷疑，是不是有什麼嚴重的內情。」

「……你們真的是睽違十一年才重逢的嗎？」

美星小姐突然詢問，令毫無防備的我吃了一驚。

「應該是這樣沒錯。直到上個月在Roc'k On咖啡店遇見為止，我都不曉得真子小姐究竟在哪裡做什麼……甚至連她是不是活著都不曉得。」

「這樣啊……」

美星小姐看似無法完全接受，但再繼續想下去或許也是白費工夫吧，於是她改變了話題。

「話說回來，你上次提起在雨傘故事中登場的女性髮型設計師，就是真子小姐吧？」

「妳說對了。」

我在沒有說明清楚的情況下帶女性到這裡來，是不常見的事。美星小姐會如此聯想也是理所當然。

「既然如此，就是有說謊癖……不，這麼說似乎也不太對。應該說，真子小姐給我某種印象——怎麼說呢，就是試圖以自己創作的故事來掌控現實世界吧。」

「啊，我稍微能夠理解。我們今天也一起參觀了與紫式部有關的場所，不過不僅是《源氏物語》，她總會在河畔讀著各種書。此外似乎也很喜歡看電影。記得她曾經對我說過：『只要沉浸在故事的世界，就能遺忘現實裡的討厭事情。』」

其實，我也大致掌握了她會這麼想的理由。然而，我認為現在還不應該特地告訴美星小姐。

美星小姐啜飲著咖啡，吐了口氣。

「既然如此，倒不如說真子小姐與青山先生的重逢完全是個偶然，而這一點令你在她心中創作的美好故事裡占有一席之地也說不定。」

「這是什麼意思？」

「既然真子小姐會說出家暴這種事，表示她與丈夫之間的關係確實不太融洽。此時，她與十一年前曾相當熟稔的男性奇蹟似的重逢了。這就像戲劇情節，接下來或許還會發生某些更戲劇性的事——假如是平時總會沉浸在故事裡的人，會這麼認為也不奇怪，更何況是像真子小姐這樣的女性。」

「因此她可能會更加積極地創作故事的後續內容。妳是這個意思吧？」

相當有道理——我這麼想。直到前陣子被美星小姐點出來為止，我完全無法想像。然而這麼一想，十一年前借傘的那件事，以及今天在猿辻的事，行動模式都是相同的——換言之，就是基於她「試圖自行創作故事」的想法。

我喝完咖啡，不想久待，正打算站起身時，美星小姐微微歪了歪頭。

「話說回來，真子小姐在離開時對青山先生說了些什麼對吧？說『你有東西想交給她』之類的。」

「啊，對。其實是這個……」

我翻找著包包，取出在飾品舖裡買的咖啡豆吊飾，將其中之一交給美星小姐。

「雖然我不知道這件事明講好不好……這是戀愛護身符。據說是用從同一顆果實中採出的兩顆咖啡豆做成的成對吊飾，用以表示終將合而為一的命運。」

「哎呀，要把這個送給我嗎？謝謝。」

即使在這種時刻，美星小姐也只是微微臉紅。

「我與店長聊著這個話題時，真子小姐不知為何突然哭了起來……我剛才說過，真子小姐是在落淚後才去洗手間的，當時店長還懷疑真子小姐是不是有什麼戀愛上的煩惱。她果然是想起自己與丈夫之間的事了吧。」

「我想，雖不中亦不遠矣。」

美星小姐握住吊飾的手加重了力道。

「我當時建議真子小姐也買一對相同的吊飾。雖然我並不是真的相信吊飾能多靈驗，但如果她與丈夫處不好，這或許能成為一次新的開始吧。不過，真子小姐不僅完全不打算購買，還回我說：『我才不可能送這種東西給他。』」

「『我才不可能送這種東西給他』……」

美星小姐複誦了真子的話。

「也就是說，她並不希望修復與丈夫之間的關係。換言之，她原本就打算離婚嗎……不過，真子小姐還說了『沒有那麼容易』對吧？嗯，她究竟在想些什麼，我完全摸不著頭緒。她以前並不是這麼複雜難懂的人啊。」

我自言自語，而美星小姐沒有回應，只是一直以嚴肅的眼神，目不轉睛地盯著手中的吊飾。

一週後的某一天，在猿辻惡作劇的犯人遭到逮捕。

犯人是一名住在附近的男大學生，目的似乎只是為了發洩壓力。他是個相當認真的學生，認識他的人無不異口同聲地表示：不認為他會做出那種事來。

而我也因為自己至今所認識的真子，與重逢後所了解的她之間的落差，感到不知所措。

＊＊＊＊＊＊＊

【某封信．2】

我曾有個未婚夫。他是我工作地方的同事，我們歷經兩年的交往相當順利。他向我求婚時，我很高興，同時也認為這是非常理所當然的發展。

同事們為我們開了慶祝餐會。身為主角，我與未婚夫都喝了很多杯。我們兩人都相當能喝。

餐會持續到深夜，一名男同事向我表示：「沒有末班電車了，不曉得能不能讓我借住一晚？」當時我已經與未婚夫同居，公寓就位於餐會場地附近。另一方面，這名同事的家住得很遠，位於搭計程車得花超過一萬圓的地點。我們倆同意了，三個人一起回到公寓。

我們當時同住於一間有樓中樓的房間。我總是與未婚夫同睡於閣樓，但那晚僅有我一個人睡在閣樓，未婚夫則與同事睡在下面的房間。

我們三人都酩酊大醉，至少我是如此，另外兩人看起來也差不多。關掉電燈後，我很快就進入了夢鄉。

不曉得睡了多久，我突然感覺到重量覆了上來而清醒。由於我的酒意未消，意識模糊，從我睡著到現在，應該沒有經過太久吧。我的記憶相當模糊不清，無法回想起正確的情況。

房間一片黑暗，幾乎是伸手不見五指的狀態。我昏昏沉沉地接納了覆在身上的重量，這時影子突然蓋到我頭上，就這樣吻了下來，於是我便認為是喝醉的未婚夫爬上了閣樓。

我雖然醉意猶存，仍以僅剩的理智考慮到同事還睡在下方。但我沒有足夠的力氣推開重量，只能竭盡所能地壓抑聲音，讓對方為所欲為。

此時，房間的燈突然亮了起來。

刺眼的光線令我瞇起眼睛，此時我聽見通往閣樓的梯子發出軋軋聲響。我轉頭，看見了爬上梯子的人。

那一瞬間，我完全無法理解究竟發生了什麼事。

從梯子上探出頭來的，是我的未婚夫。他的雙眸看向我，那是充滿衝擊、混亂及絕望的眼神。

我再次確認覆在自己身上的人物。

那並不是我的未婚夫。

雙眼充血的男同事，正在玩弄著我的身體。

三

World Coffee Tour's End

1

我的暑假作業之一是寫作文。

作文題目是「夢想」。對國中一年級學生而言，題目還滿幼稚的，就連當時的我都有這種感覺。但這是某個團體主辦的作文比賽共通題目，沒有辦法。那年夏天，全日本應該充滿為了夢想而煩惱的國中生。

在當時多到令人厭煩的作業中，這篇作文對我而言也格外棘手，畢竟我當時正值自認為沒有夢想的年紀啊。

不知如何是好之餘，我在週一試著前往河堤。由於當時是暑假，我並不是放學後順道過去，完全是為了見真子而前往。雖然有點難為情，但因為有理由，我還是能夠大搖大擺地去見她。我當時也抱持這樣的想法。

八月的陽光與作業一樣毫不留情，就連真子也沒有待在平時的草地上，而是坐在河畔樹下的板凳上。

——問我為什麼會成為髮型設計師？

我一在她身旁坐下就單刀直入地詢問。真子睜圓了眼。

「嗯，因為我現在必須寫一篇名為〈夢想〉的作文。但就像我之前說過，我並沒有什麼值得一提的夢想，所以我想問問真子的情況，作為參考。」

真子闔上原本攤開的文庫本，輕輕搧了搧臉頰一帶。顏色比我們相遇時更深一些的髮梢，宛如逃跑似的晃著。

——我的情況或許稍微有點特殊呢，能當作參考嗎？

「特殊？」

——有好幾個契機。不過起初我會想成為髮型設計師，是因為看了某部電影。

「電影？」

——沒錯，是一部叫作《理髮師的情人》的法國電影。

聽都沒聽過。或許是預料到我的反應，真子吸了一口氣並吐出後，接著說道：

——這是一部自孩提時代起，就夢想著能與女性理髮師結婚的男性，在實際與理髮師妻子結婚後，深深愛著她的故事。是一部煽情性感、相當夢幻且美麗的電影。而我也希望自己能被丈夫像那樣深愛著，這就是最初的契機。如何？無法當作參考吧？

「沒這回事。我身邊也有朋友是在看了戲劇後，對劇中的工作產生興趣的。」

結果真子呵呵笑了起來。

——這樣啊。如果只從這點看來，確實很普通嗎？

她的話耐人尋味，卻又不肯進一步告訴我詳情，就像把我當小孩子一樣，這令我稍感不甘心。我在心裡暗暗發誓，一定要去看那部電影。

儘管只是為了撰寫作文而暫定的夢想，但在虛構作品中找尋題材或許不壞。只不過，我這陣子幾乎沒讀什麼書，也沒看電影或戲劇。面對著遍布全世界的作品之海，我不曉得究竟該從何處開始游起才好。

如果是真子，或許能為我領航。

「妳不只喜歡讀書，也很喜歡看電影吧？」

──是啊。只要是故事，我全都喜歡。

她的眼眸反射著夏日豔陽，閃爍著光芒。

──不僅是書籍，我也很喜歡描繪男女之間深厚愛情的電影。除了《理髮師的情人》，還有《蘇菲亞的選擇》等……我最近看的電影中，《百萬大飯店》這部也相當不錯喔。

果然盡是些從沒聽過的作品。話雖如此，我對電影了解的並不多，不知道這些作品究竟算主流還是小眾。不過她所謂的「男女之間深厚愛情」這句話令我心跳加速。

「看了電影後，對裡頭出現的職業感到憧憬。姑且不論是不是事實，對寫作文而言似乎挺受用的。」

──喂。不准打這種如意算盤。

「這也沒辦法啊。就算突然叫我講，我也想不到什麼夢想——話說回來，真子小姐是幾歲時看了那部電影，並決定成為髮型設計師的？」

真子從短褲中伸出的雙腿往前一踢。

——跟現在的你一樣，是我國中的時候。不過，那雖然的確是夢想，卻不僅是單純的憧憬。對我而言，那也是想學會的一種技能。這對我而言是夢想，同時也是現實的目標。

「學會技能？」

——就是學會能夠讓自己獨力生存下去的執照或能力喔。

仔細回想，我當時接下去說的話實在相當愚蠢。真子所謂的「獨力生存」，指的應該是不僅成為組織的一部分，還能藉由個人所擁有的技術賺錢的意思。然而我當時卻直接按照字面上的意思，解讀成「孤獨地活下去」。

「妳的夢想明明是成為很棒的新娘子，卻想著要獨自活下去啊。」

真子一瞬間展露了冷不防遇襲的表情。她硬擠出的聲音相當嘶啞。

——大概是因為我並沒有真心相信吧。正因為如此，才會說是夢想啊。

當時，我不知為何非常想碰觸她。然而，雖然是夏天，但我夾在大腿內側的雙手卻像凍結一般動也不動。

蟬鳴聲宛如敲打著我的頭般，在極近處響著。

2

「咦……」

我一踏進塔列蘭咖啡館，就不由得往後退。

室內的角落平時總是藻川先生的固定座位，然而今天，那張椅子卻被某個物體占據。那是尊人偶，從外觀看來是一尊古董人偶，雖是個身穿裝飾繁複、櫻花色洋裝的古典洋娃娃，頭髮卻是黑色長直髮，給人一種不協調的印象。尺寸幾乎與實際少女差不多高，正好可以端坐在椅子上，給人一種莫名栩栩如生的感覺。雖然對喜歡人偶的人感到抱歉，但若要以我的感性坦率直言，這稍微有些毛骨悚然。

「我已經勸過他別這麼做了……」

美星小姐雙手扠腰，一臉傻眼的表情。也就是說，將人偶放在這裡的人物，我只能想到一個人。

「有什麼關係哩。這樣看起來不也別有一番風趣嗎？」

藻川先生坐在附近的吧檯座位上，他攤開報紙體育版轉過頭來這麼說。

「這是跟我交情不錯的藝大女學生，為了學校作業製作出來的作品喲。她似乎想成為人偶製作師，除此之外還做了許多尊人偶呢。但她是一個人住，沒有地方擺放，所以才希望我們店裡也擺一尊啦。」

藻川先生還是老樣子地操著半吊子的京都腔——他過世的妻子教他的——說明之所以將這尊人偶擺在店裡的原委。明明一大把年紀了，他卻還是很愛搭訕年輕女孩，不知為何認識不少市內的女大學生。他常常跟她們一起吃飯，對那些女大學生而言，他充其量就是個「會請吃美味餐點的爽朗老爺爺」吧，不過我不太想深入了解。

「考慮到那名學生也可能會來店裡，又不能叫他不要放在這。」美星小姐如是說。

「藻川先生還是一樣喜歡女孩子啊。」

我在離藻川先生稍遠的吧檯座位上坐下。美星小姐一邊為我磨著咖啡豆，同時深深嘆息。

「在太太身體還硬朗時，他還沒有那麼誇張呢。」

「藻川先生與妻子是對如鴛鴦般恩愛的夫妻嗎？」

「這個嘛。即使他一看到年輕女孩就一臉色瞇瞇的，也會立刻挨太太的罵，所以終究不敢得意忘形。如果說這樣算是如鴛鴦般恩愛的話，或許是如此。」

我無視於苦笑的美星小姐，思考著下一句台詞。

「說到鴛鴦……」

我自認為這轉折很自然。其實，我今天就是為了這件事才到塔列蘭咖啡館。

「美星小姐，妳喝過鴛鴦奶茶嗎？」

她停下動作，搖搖頭。

「那是香港的飲料吧。混合咖啡與紅茶，然後加進無糖煉乳及砂糖而成。我聽過，卻沒有喝過。」

如同用「只羨鴛鴦不羨仙」一詞形容夫妻恩愛，鴛鴦有著雄鳥與雌鳥總是形影不離的習性，因此在中國，形容兩種不同物品合而為一的模樣時，經常會使用「鴛鴦」這個詞彙。比如說，在圓鍋中央以S型隔板區隔，外表看似陰陽太極圖般，可同時品嘗兩種湯頭的火鍋，就稱作「鴛鴦火鍋」。

「鴛鴦奶茶怎麼了嗎？」

美星小姐微微側頭，而我探出身子。

「我聽說在京都市內，有間咖啡館可以喝到鴛鴦奶茶。我想說如果妳有興趣，請務必跟我一起去試試。」

「似乎很有意思。這是從誰那裡聽說的？」

話題進展到這裡為止明明都相當順利，我卻因為這個問題而「呃」地啞口無言，是我太天真了。連為了矇混而露出的笑容，想必也十分僵硬吧。

「……呃，這是我在餐廳裡聽見客人交談的內容啦。因為我也沒喝過鴛鴦奶茶，才想要去看看。」

美星小姐對於他人的言行舉止及態度變化比常人敏感一倍，我不認為她看著這時的我，並未察覺任何端倪。不過她沒有繼續追問。

「下週三如何？那天我有空。」

「好，就約那一天。」

約定好日期時，美星小姐也將沖好的咖啡端了上來。我一邊啜飲著在夏天飲用依然美味的熱咖啡，回想著幾天前的事。

那是個臨時的邀約。我在下午一點踏進對方指定的河原町通旁的簡餐咖啡廳時，真子已經先坐在位子上翻閱文庫本了。

「讓妳久等了。」

我低頭致意，她微微舉起一隻手回應。

「對不起，突然找你出來。還有，之前的事也很抱歉。」

自從一同造訪塔列蘭咖啡館後，我們已經有兩週沒見面了。即使邁入七月，梅雨依然下個不停，窗外計程車的雨刷正拚命刷去雨水。

「我才是，讓妳感到不快了。美星小姐也說是她做錯了。」

「我只是因為彷彿被她看透心思而有些動搖罷了。你別在意。」

即使她這麼說，仍無法完全抹去尷尬感，幸好店員正好在這時過來點餐。我從五種商業午餐中選了乾咖哩，而真子點了蛋包飯。

「妳今天找我有什麼事嗎？」

我一詢問，她就搖了搖頭。

「沒什麼事。我只是覺得若是隔太久沒見，就會愈來愈難跟你見面而已。」

「真是的，才稍微過一陣子而已。事到如今，才不會變得難見面哩。我們明明都已經睽違十一年沒見了。」

「呵呵，說得也是。」

雖然一邊笑著，但我也不是不了解真子的心情。難為情的是，自從前陣子發生那件事之後，我有些不知如何開口聯繫她，因此真子主動約我，著實令我鬆了一口氣。

「話說回來，你有稍微試著讀《源氏物語》了嗎？」

真子詢問。當她那口紅顏色比以往更濃的脣瓣一動，我就感受到某種從前的她所沒有的慵懶性感魅力。

「有。話雖如此，還只在開頭而已。」

為了證明我所言不假，我拿出這陣子隨身攜帶的電子書閱讀器。打開電源，就顯示出我目前讀到的《源氏物語》頁面。如果買齊整套紙本書，會令原本就已經很狹窄的家裡變得更擠，所以我才會決定買電子書。

「我看看是哪個版本的……原來如此，是與謝野晶子翻譯版啊。如何，會不會很難讀懂？」

真子接過我手中的閱讀器，相當熟練地操作著。我是以此為契機才初次接觸電子書，但對喜愛讀書的她而言，似乎早已用得很習慣了。

「不，呃，雖然有些地方不時會卡住，也會跳過看不懂的文句……不過我想自己理解的意思大致上是正確的。比想像中還要有趣喔。」

「那很好——你現在正在閱讀第九回〈葵〉嗎？這一幕的場景令人印象深刻，對吧？」

她翻動頁面的手停了下來。

「在光源氏的正妻葵之上過世後，源氏從葵之上的娘家左大臣家離去這段。因女兒死去，令葵之上的父親左大臣失去了源氏這名女婿，對此悲嘆度日。源氏留下的書墨字句之中，引用了中國漢詩〈長恨歌〉來表達自己的心情。」

我聽著真子的解說點頭回應。閱讀過程中，由於突然插入了一段漢字，我原本已打算放棄理解這段內容了。

「與謝野晶子為了讓人了解這段話是引用自〈長恨歌〉，因此翻譯時，直接從漢詩中引用了這段文句，不過在《源氏物語》的原文中，應該已經被翻為日文了。比如說這裡。」

她指著寫有「舊枕故衾誰與共」這一段話的位置。

「原文中，其實是『被褥與枕頭依舊，但如今誰與我共枕而眠？』的意思。」

「啊，這樣的話，我就能大致了解了……也就是說，從前與心愛之人一同使用的舊棉被及枕頭，如今已經沒人可以一起使用了。是這個意思吧？」

「你說得沒錯。源氏將自己在葵之上過世後的悲傷心情與〈長恨歌〉重疊了。同樣的，『鴛鴦瓦冷霜華重』的部分，原文中其實只寫了『霜華白』。這裡則是將〈長恨歌〉中形容『沉重的霜花層層堆疊』的詞句改寫成『霜花雪白』。至於為什麼要這樣改，我就不清楚了。」

「這是什麼意思？」

「宛如鴛鴦般成對的屋瓦冰冷，霜雪如花般降下，厚厚堆疊。應該是這個意思吧。而這句的下一句就是接著剛才那句『舊枕故衾誰與共』，應該是在強調獨自入睡的寒冷吧。」

「哦……真子小姐，妳了解得真清楚。」

我如此感嘆，真子難為情地笑了。

「抱歉，我只要一聊起喜歡的事物就會不由得興奮起來。這種話題一點也不有趣吧？」

「沒這回事。妳真不愧是書迷啊。」

我們的餐點送了上來。鋪在紫色五穀米上的乾咖哩散發著香料的香味，令人食指大動。真子的蛋包飯也是，半熟蛋與多蜜醬汁融合的模樣，看來相當美味。

我們吃到一半時，真子天外飛來一筆地這麼說：

「說到〈長恨歌〉中出現的『鴛鴦』一詞，你知道鴛鴦奶茶嗎？」

「嗯，我是聽過……記得那是香港還是哪裡的飲料。」

真子像是以湯匙挖起食物並塞滿嘴裡般輕輕接下我的答案，視線移往遠方。

「我曾去過香港一次，在婚前旅行時。那裡是個充滿新奇、非常棒的城市。」

由於她的表情看起來相當陶醉，令我的胸口隱隱作痛。當時的她應該無比幸福吧——與現在不同。

「然後呢，我知道有間咖啡店有賣鴛鴦奶茶喔，如果你沒喝過就要推薦給你。」

「哦，真罕見。我想品嘗看看。」

真子以紙巾擦拭嘴邊。

「那間店叫作Eagle Coffee，地點在安井金比羅宮附近——我經常去安井金比羅宮參拜喔。」

「哦……」

我不曉得該做何反應，因為安井金比羅宮是以「斬斷惡緣」聞名的斷緣神社。真子曾說過她的丈夫有其他女人。由於連帶提及的家暴其實是謊言，因此關於所謂的外遇，也不曉得有幾分真實。不過，如果真子是為了祈求斷絕丈夫與外遇對象的關係而前往安井金比羅宮參拜，我覺得那也是合理的行動。

「要不要邀上次那位咖啡師一起去Eagle Coffee看看？如果她喜歡咖啡，一定會很期待。」

雖然我並沒有感覺到其他意圖，但畢竟經過前些日子的事，令我不禁懷疑她是不是別有居心。另一方面，違抗真子所描繪的故事，似乎也會是件恐怖的事。

「說得也是，我會去邀邀看。」

用完餐走出餐廳後，我就與真子道別了。她頭也不回地離去，在她背上搖曳的髮絲吸取了飄蕩在空氣中的雨沫，散發耀眼的光澤。

3

下週三。我與美星小姐約在祇園——東大路通及四条通路口見面。

我提早出門去了安井金比羅宮。安井金比羅宮位於祇園路口沿著東大路通往南約五百公尺處。

天氣依然是久陰不晴。根據早上的氣象預報，近畿地方的梅雨季似乎會結束得晚一些。

我沿著東大路通西側走了一會兒，便看見石造鳥居猶如從綠葉蓊鬱的樹蔭之間探出頭來一般展露身影。鳥居上方掛有一塊寫著「斬斷惡緣締結良緣祈願所」的匾額。石版參道筆直地往內延伸。

安井金比羅宮主要祭祀崇德天皇、大物主神、源賴政三神，起初是為了祭祀崇德天皇而建。據說是由於崇德天皇在保元之亂[1]落敗後遭流放至讚岐國[2]，於金刀比羅宮斬斷欲望，勤勉修行，因此才會以「祈願斬斷事物」的神社受人信仰至今。

我沿著參道前進，映入眼簾的，是左方的社務所和設置於右方的某種奇妙物體。

在鋪上白石子的一隅，供奉著一塊巨大的石頭，但很難一眼辨識出那是一塊石頭，因為石頭表面貼滿寫著願望的符紙，毫無空隙地貼了滿滿好幾層。石頭中央有個圓洞，參拜的民眾正匍匐鑽過圓洞。此為「斷緣結緣之碑」，根據說明牌上的內容，這個圓洞是神明之力鑿穿了裂縫而形成。參拜方式是在「形代」——作為替身用的符紙——上寫好願望

---

1 日本於保元元年（西元一一五六年）因皇位繼承問題發生的內亂。

2 約為現今的日本香川縣。

後，先從正面鑽過洞穴以斬斷惡緣，再從背面鑽回正面以締結良緣，最後再將形代貼在石頭上。

我並沒有任何特別想斬斷的惡緣，所以沒有去鑽這斷緣結緣之碑，而是直接走過去。正殿位於左側，一旁設置的繪馬掛置處掛滿了無數繪馬。

真子似乎經常來這安井金比羅宮參拜，這裡搞不好有她掛的繪馬。關於她無法親口對我訴說的煩惱，可能可以從這裡找到相關線索。

畢竟我實在不好意思在眾目睽睽之下，目不轉睛地盯著斷緣結緣之碑上的形代內容看。雖然盯著繪馬看也不太禮貌，但應該不至於太過可疑吧。

我湊近繪馬，粗略地瀏覽內容。形代上多為輕鬆積極的願望，但繪馬上的內容該說是更加糾結嗎？其中也有不少充滿怨念的願望。

倘若只是斬斷壞習慣或希望能離婚，那還可以理解。然而當中甚至還有指名道姓地寫出實際人物，並以直截了當的表現方式，希望不幸降臨在對方身上這樣的願望。

……令人不寒而慄。倘若在其中發現了自己的名字，搞不好有很長一段時間會過著擔心災厄降臨的日子。

還是別做這種類似偷窺的事吧。我從原本彎腰的姿勢重新站直，打算離開繪馬掛置處。

就在這個時候，我覺得似乎在邊緣的繪馬上瞥見了熟悉的名字，於是我翻起了那塊繪馬。

——找到了。我下意識地嚥了嚥口水。

左側角落寫有「神崎真子」的名字，一旁則寫著願望的內容。

「希望MINORI不要再外遇了。」

頃刻之間，我保持著手指輕觸著繪馬之姿陷入沉思。

「MINORI」是真子的丈夫嗎？說起來，這個名字聽起來比較女性化，但作為男性的名字也不會太奇怪。還是說，這是暱稱之類的？

雖然只有一小段時間，但我當下似乎非常專注，甚至完全沒注意到有人從後方靠近。

「——青山先生？」

有人出聲叫我，我吃驚地轉過頭去。

「美……美星小姐！」

美星小姐就站在身旁仰望著我的臉。

她身穿海軍風的橫紋襯衫，看似舒適的設計似乎十分涼爽，下半身則是單寧材質的高腰短裙。由於平時看慣了她的褲裝，偶爾看到她穿裙子，感覺相當新鮮。她雙腳穿著白色短襪及綴有黑色蝴蝶結的高跟涼鞋。

「美星小姐，妳怎麼會在這裡？」

我吞吞吐吐起來，美星小姐則泰然自若地回答：

「我們約在附近見面。我順道過來走走而已。」

她該不會是來祈求斬斷我跟真子之間的緣分吧——我的腦中竟然浮現這種惡劣的想法，真對自己感到厭煩。

「那個……該不會是真子小姐寫的？」

我吃驚之餘，甚至忘了藏起繪馬。不得已，我只好讓出位置給美星小姐。

「她似乎時常前來參拜，所以我才會也過來看看，結果碰巧發現了她寫的繪馬。」

「是這樣啊……」

她的側臉變得嚴肅起來。

「總覺得心情都變得鬱悶了，我們還是快點去Eagle Coffee吧。畢竟這麼一巧遇也省下碰面的時間，而且現在的天空仍一副泫然欲泣的模樣。」

我刻意裝出開朗的語氣這麼說，美星小姐便點點頭。我們並肩走著，一邊閒聊著與剛才目睹的事物完全無關的話題。

從安井金比羅宮出發，很快就抵達了Eagle Coffee。看似歷史悠久的小型建築物一樓，設有一扇暗色系的木門。一旁的窗戶玻璃灰暗，木雕看板上則以英文刻著 Eagle Coffee 幾個字。

乍看之下，會給人有點難以踏進去的印象。不過論這點，必須鼓起勇氣穿過屋簷隧道才能抵達的塔列蘭咖啡館也不遑多讓。我毫不猶豫地打開門。

「歡迎光臨！」

踏進店裡的同時，傳來了女性的聲音。店裡僅有兩張桌席及五個吧檯座位，並不寬敞。但兩張桌席都已經坐了客人，吧檯席也有一名客人。生意看來相當興隆。

一名看似工讀生的年輕女性領我們到吧檯座位上。她的及肩褐髮在後方紮成一束，身穿白色襯衫及寬襬褲。站在吧檯裡的老闆是一名年約三十出頭的男性，長及下顎的頭髮及嘴邊的鬍鬚給人狂野的印象。他綁著領巾、身穿 POLO 衫及牛仔褲，隔著衣服仍能窺見他手臂上的大塊肌肉。

我與美星小姐兩人看著眼前寫著菜單的板子。列有多種咖啡的菜單上寫有「世界各地的咖啡」的欄位，格外吸引人的目光。

「不僅有鴛鴦奶茶，似乎還能以許多國家獨有的喝法來享用咖啡哩。」

我指著菜單這麼說。加入許多煉乳的越南咖啡，我以前曾在塔列蘭咖啡館請美星小姐做給我喝過；冰滴咖啡（Dutch Coffee）就是冰釀咖啡，原文的 Dutch 則是荷蘭的意思；而維也納咖啡就是維也納，也就是來自奧地利的咖啡，當地則稱作艾斯班拿（Einspänner）。其他還有好幾種咖啡，甚至還有冠上國家名稱，卻難以想像究竟是何種口味的咖啡。菜單上的咖啡全都來自不同國家，無一重複。

雖然深受吸引，但我今天的目的是鴛鴦奶茶。「兩杯冰鴛鴦奶茶。」我告知前來點餐的女性，而美星小姐則順勢詢問：

「這間店為什麼會販售世界各地的咖啡呢？」

結果，女店員嘻嘻地笑了起來，臉頰上的酒窩相當可愛。

「那是老闆的興趣啦，您很在意嗎？」

「我只是覺得很有意思，因為我也在咖啡館工作。」

「哎呀，那麼，要不要跟老闆聊聊呢？高野先生！」

女店員出聲叫喚，在吧檯角落開始準備飲料的老闆抬起頭來，拿著工具走近我們。

「高野先生，這位客人似乎是同行喔，她有事想問問您。」

「是嗎？不用客氣，儘管問吧。」

自我們走進店裡以來，姓高野的老闆第一次開口說話。他的聲音雖小卻中氣十足且低沉。或許因為得知我們是同行，老闆對待身為客人的我們態度相當直率，倒也符合他的形象，不會令人覺得失禮。

美星小姐的手指突然在空中比劃了起來，似乎正在寫著漢字。

「請問是因為姓『鷹野』[3]，才會把店名取為Eagle Coffee嗎？」

高野似乎相當欽佩地睜大了眼。

「小姐，妳真敏銳。不過很可惜，猜錯了。我姓『高野』，高山的高。」

「哇，我還以為一定是正確答案。」美星小姐說。

「我的名字叫『鷹』，高野鷹。雖然很好笑，不過這是本名喔。」

「哦！」我插入了驚嘆號。「真是罕見的名字。」

「你們應該覺得沒有父母會替孩子取這種名字吧？我在結婚時改成老婆的姓。我是三兄弟當中的老二，但我老婆是獨生女。」

據說老闆家三兄弟的名字全與鳥類有關。雖然沒有詢問另外兩人的名字，但還真是罕見的命名方式。

「我覺得這個『世界各地的咖啡』相當有意思。」

美星小姐切入正題，高野瞥了菜單一眼。

「那個啊，是我在婚前旅行時環遊世界，在許多國家品嘗了咖啡，於是就把當時實際

3 日文中，「鷹野」與「高野」發音同為「TAKANO」。

喝過的咖啡列入菜單了。」

「也就是說，這份菜單中的所有飲品，您都體驗過道地的味道了？」

美星小姐的雙眼閃閃發亮。對於與咖啡相關之事格外好奇的她而言，沒有比這更令人羨慕的吧。

「是啊，沒錯。這些全都是我在發祥地確認過味道後，才加進菜單的。」

「你說婚前旅行，是與那位姓高野的妻子一起嗎？」

我為了催促他多說些而詢問，沒想到女店員卻意味深長地插嘴：

「並不是喔。」

「喂，紀香。別對客人說些有的沒的，妳這個大嘴巴。」

遭到高野斥責，女店員吐了吐舌頭。她的名字似乎叫紀香。

「不是的意思是……」

「結果我並沒有跟對方結婚。我現在的老婆，跟一起環遊世界的對象不是同一個人。」

我不由得與美星小姐四目相接。事情看來似乎有些隱情。

「機會難得，也跟這兩位客人講講那件事如何？」

紀香不僅沒有畏縮，反而更以開玩笑的語調這麼說。高野一邊攪拌著兩個並排的玻璃杯，同時嘀咕。

「為什麼非得對客人說那種事不可——」

他說到這裡，看向美星小姐後又噤口不語。見她一臉困惑，高野清了清喉嚨後開口：

「哎，試著說說也無妨。反正其他人都是常客，也沒什麼事做。」

店裡依然坐著跟剛才一樣的客人，似乎都是常客。

「那件事……是？」我詢問。

「高野先生曾以婚前旅行後卻沒結婚這件事出題考我。那是我才剛來這裡打工沒多久的事。」

出題這個詞彙令美星小姐有所反應。真是個容易理解的人，我笑了出來。

「請務必讓我們聽聽看。」

高野正巧也做好了鴛鴦奶茶。他將杯子放在我們面前，雙手拄在吧檯內側，接著裝模作樣地說了起來：

「那已經是近十年以前的事了……」

4

開始經營這間店時，我還是個二十出頭的年輕小伙子。

我從十幾歲起就在咖啡店工作，同時希望能盡早擁有屬於自己的店。原本開在這裡的咖啡館倒閉時，我趁機請家人協助出資，頂下這間店面，開了這間Eagle Coffee。

因為是毫無計畫、單憑年輕及熱情所開的店，剛開始的一、兩年都沒什麼客人上門。我心裡雖然覺得不妙，仍勉強經營著。某天，一名女性造訪了這間店。

她的外表給人相當端莊高雅的印象。她的老家在東京的世田谷區，也就是所謂的千金小姐。那樣的女性會走進我的店，令我甚感意外。她雖然看似與我住在截然不同的世界，一聊起來，卻發現她出乎意料地隨和。她似乎也很中意我這間店，經常上門光顧，不知不覺間，我們就開始交往了。

某一天，我問她：「妳這位世田谷區出身的千金小姐，為什麼會離開東京來到京都？」

她回答：「因為婚約告吹了。」

據說她的前未婚夫也曾在東京經營咖啡館，原本就喜愛咖啡的她則是那間店的常客，相遇經過與我們之間如出一轍。

然而，在她與那名東京的男子訂婚後，結婚前夕，對方經營的咖啡館倒閉了。男子並沒有告訴她經營不善的事。即使男子背負巨額負債，她仍打算與對方結為連理，但該說理所當然嗎，這件事遭到她的家人強烈反對。即使並非如此，家人似乎原本就不看好這樁婚事。她原本是獨排眾議與男子訂婚的，但在對方負了債的情況下，她也無法堅持到底。最後，她哭著取消了婚約，傷心之餘離開了東京。

——對方坦白了這樣的過去時，你會怎麼想？

我並不是想自我貶抑，卻會自然而然地這麼想：啊，原來對她而言，我是前未婚夫的替代品啊。她是因為無法忘懷前未婚夫，即使到了新的城市仍造訪著咖啡館，並將店裡的我與自己昔日對象的身影重疊了吧。

不過，即使在意那種事也無濟於事。我已經喜歡上她，她似乎也喜歡上了我。正因為她出身良好，個性認真，才會被像我這種什麼也沒多想、單憑年輕氣盛就開咖啡館的奔放一面所吸引吧。我想，她的前未婚夫一定也是因為個性與我相仿，店鋪才會倒閉。

我與她以情侶身分交往的期間不到一年，關係進展得相當順利。結婚一事並不是由我們其中某一方先提出，而是我們倆都認為，走到這一步是理所當然。

在那之前，我雖然擔心沒有客人上門，卻仍抱持著一絲「不賺錢也無妨」的天真想法。畢竟開店資金是跟家人借的，不會有人催我還錢。不過如果要結婚，就不能繼續這樣下去了吧？為了養活老婆，我得讓店裡的生意更加興隆才行。這時，我終於產生了這樣的想法。

我當時煩惱了許久，最後想到的點子就是「世界各地的咖啡」。我以婚前旅行的名義到世界各地旅遊，在各地品嘗了各種風味咖啡，心想如果能把這些咖啡列入菜單，或許能因為新奇而增加客源也說不定……總之，我當時是這麼想的。

至今回想起來，那不過是場賭博。不過，喜歡咖啡的她似乎非常中意我的想法，對於婚前旅行也興致勃勃。於是我們砸下僅有的存款，開始了環遊世界之旅。

一言以蔽之，旅行非常愉快。我們花了一個月左右走訪世界各地。兩人一起在各國尋找廣受好評的店家，一起造訪，然後確認味道及香氣，想像那究竟是以何種材料、採用什麼比例調製。如同我剛才所說，我這間店菜單上「世界各地的咖啡」，全是我在原產國喝過的。我以當時的記憶為基礎，做出了我店裡的飲品。因為那些咖啡我全都有採用，只要看過我店裡的菜單，就能知道我究竟造訪過哪些國家的咖啡店。

接下來，婚前旅行接近尾聲。即使在迎接最後一夜的那個國家，我也帶她去了咖啡店。當然那是我事先調查好、評價極佳的店家。事實上，那間店的確非常的棒，無可挑剔。然而，在去了那間店後，她就變得不太對勁，似乎一直冷靜不下來，而且一副心不在焉的模樣。

當晚，我們回到飯店後，她告知了我希望解除婚約的想法。

直到在最後一個國家造訪那間咖啡店之前，那趟旅行及我們之間的關係都相當順利。然而，她分手的心意已決，似乎並非一時興起，或是婚前憂鬱之類的情況。

我接受了她的決定。畢竟我很愛她，雖然相當難受，我還是決定跟她分手。旅行回來之後，我跟她再沒見過一次面。

那趟愉快旅程的回憶，就連留存在記憶中都令我感到難受，卻也成了資產——沒想到，以此為基礎新增的「世界各地的咖啡」很快地獲得好評，讓我的店鋪經營上了軌道。一想到當初是為了婚後生活而想改善店鋪營運的事，就覺得真是諷刺的結果啊。

——那麼，接下來是各位期待已久的問題。

她為什麼會甩了我呢？

5

鴛鴦奶茶的味道相當不可思議。試著探尋那濃郁風味的深處，便可分別感覺到咖啡及紅茶兩種相異的澀味。雖然香甜，卻也有股清爽感，是我從未品嘗過的味道。

高野的故事告一段落時，我已經喝完大半杯鴛鴦奶茶，正將吸管戳進冰塊間吸吮著。由於戶外悶熱，我的喉嚨相當乾渴。我一邊搖著玻璃杯，讓冰塊喀啦作響，坦率說出我的感想。

「那應該是你自作自受吧。」

高野與紀香一齊以「喔？」的眼神看著我，或許是對於我能夠立刻得出答案這點感到意外吧。但我在這兩年間也與美星小姐一同經歷了許多不可思議的事，能夠像這樣迅速解開與咖啡相關的謎題並不奇怪，對美星小姐而言，更是不費吹灰之力吧。

我轉向隔壁說道：

「美星小姐，妳不這麼認為嗎？」

「不，我並不認為他是自作自受……」

她似乎有些困惑，但我從她的反應可以確定，她也已經解開高野的謎題了。

「那麼，這位客人，你試著回答看看，我們最後一晚造訪的是哪個國家的咖啡店呢？」

高野從吧檯探出身子，語帶挑戰之意。

「哪個國家」這個問題，應該與高野被甩的原因有直接相關。既然如此，我得到的答案應該不會有錯。

「那是位於荷蘭的咖啡店吧。」

我指著菜單上的「冰滴咖啡」。

「高野先生剛才講述內容時所使用的『咖啡店（Coffe Shop）』這個詞彙，在許多國家就如同字面上的意思，意指咖啡店。但在荷蘭，這個詞彙卻有截然不同的意思——Soft Drug，也就是販售大麻的店家。」

荷蘭對大麻採取寬容政策，原則上，在自用範圍內的購買、擁有、使用是合法的。而所謂的咖啡店，在荷蘭稱為「咖啡屋（Koffiehuis）」，不會與咖啡店混淆。

「你最後造訪荷蘭，帶著未婚妻前往了咖啡店，而且你在那裡使用大麻了吧。然而，天性耿直的未婚妻看見你過於奔放的一面，產生了些許不安，擔心你回日本後，會不會也染上毒癮……即使不至於如此，有沒有可能違法犯紀，或做出違背道德的事來呢？跟這種人結婚真的好嗎？這樣的猶疑在她心中油然而生。」

「──這位客人，真虧你猜得出來呢！」

紀香突然鼓起掌來。

「果然是自作自受對吧，我也這麼認為。」

「也就是說，我答對了吧。」

「沒錯！高野先生說他帶了未婚妻去販售大麻的店家了。」

「就算在荷蘭合法，在日本也是受到禁止的，會有人因此而排斥也是意料之中的事。個性不拘小節不是壞事，但無論如何，只能說在未婚妻面前接觸大麻實在太過輕率了。」

受到紀香的鼓舞，我的言詞不自覺地愈發嚴厲。高野並沒有顯露出不快，只是靜靜聽著我說話。

然而此時，突然有人對我提出質疑。

「真是如此嗎？」

我看向聲音的主人。

「我不認為高野先生是自作自受。」

是美星小姐。她的側臉極為認真。

「我剛才也說了，我不這麼認為。」

我原本以為她是顧慮高野的心情而那麼說的，看來並非如此。美星小姐喝了剩下的鴛鴦奶茶潤潤嗓後開口：

「高野先生的行動的確不拘小節，或者該說令人感覺有些胡來，在身為旁觀者的我來看，確實令人有些擔心。然而，高野先生的未婚妻與我們不同，應該是已經和您相處了相當長一段時間後，才走到訂婚這一步。既然如此，高野先生與未婚妻之間該是已經能相互理解，對方也是受到高野先生這種不按牌理出牌的個性吸引才對。高野先生也是認為『即使做了這種事，對方也不會提分手』的前提，基於某種程度的信賴，而在旅行的最後一晚採取了那個行動吧。既然如此，我認為會導致婚約告吹的原因是對彼此的理解不足，或認知上有誤，不能歸咎於高野先生一個人。」

我一邊聽她說話，一邊「嗯？」地心想。她的評價不能說是錯誤，所以如果要主張他並非自作自受，倒也有一番道理，能令人點頭贊同。不過……

老實說，美星小姐的話給人過於理想化的感覺。相愛並相互理解、信賴的兩人，一定會隨時考慮到對方的接受範圍，在限度內衡量自己的言行舉止？這不是理想化，什麼才是理想化？即使希望能夠如此，但人非聖賢，實際上，交往許久的情侶仍會吵架、分手，就算是夫妻也會彼此交惡。

美星小姐的口氣，簡直像是堅信不可能「只有一方有錯」。當然，實際上並不可能如此，就連美星小姐也不會相信這種事。比如說，像真子那樣的案例——夫妻其中一方外遇的情況又該怎麼評論？無論造成夫妻感情失和的原因出自哪一方，也不能因此出軌，這種情況就完全可以歸咎於單方面的責任了吧。

如果討論關於「相愛的兩人對彼此的理解」的話題時，提出這種論調就會讓情況變得複雜，但我所認識的美星小姐，絕不是會因提倡空洞的理想論而滿足的人。倒不如說，她是個對於人們的軟弱或矛盾有同理心，在指摘他人錯誤的同時，也會說「因為是人，所以難免犯錯」，心中自有一把尺的女性。正因為如此，她今天的話給我膚淺且無法打動人心的感覺。

是她的心境有所轉變嗎，抑或者改變的人是我呢？總之，我無法完全認同她說的話，正打算加以反駁……

「不，他們說得沒錯。毫無疑問是我自作自受。」

高野主動如此坦承，讓我失去了幹勁。

「最後那一晚，我如果沒帶她去那種地方，我們應該能依然相親相愛地結束旅行，並圓滿結婚。那無論對我或是對她而言，都會是幸福的人生。是我做了多餘的事。」

接著，高野轉身背對我們，似乎打算以責備自己來為這個話題作結。

然而，美星小姐對著他的背影，說出令人意外的話來：

「不過，高野先生，您是認為有必要才會那麼做吧？」

這句話令高野僵在原地。而我困惑地插嘴：

「必要？妳是指帶未婚妻去大麻店嗎？」

「不是。」

美星小姐搖頭。

「高野先生並沒有接觸大麻。說到底──」

這時，高野回過頭來。

該如何形容呢？我在他的臉上感覺到某種拚命想仰賴什麼的神色。就像是在黑暗中看見一絲光明，或是漂流到無人島上，看見船隻接近時，大概就會浮現這樣的表情吧。

美星小姐正面迎向他的眼神。接著彷彿將自己投射的光照向他，或是彷彿船隻是由她掌舵一般，說出了下述的話：

「您並沒有去過荷蘭吧。」

6

「您……您在說什麼？」

紀香發出了有些奇怪的聲音。

「我剛才不是說了那是正確答案嗎？那位客人的答案，就跟高野先生從前告訴過我的內容一模一樣。他去了荷蘭，走進販賣大麻的店家，結果因此害未婚妻跟他分手。為什麼事到如今，您還說出他沒有去過荷蘭這種話？」

美星小姐並未轉向紀香，而是看著我說道：

「如果是青山先生，當然知道吧。冰滴咖啡原文中的Dutch雖然是指荷蘭，但冰滴咖啡的發源地並不是荷蘭。」

「是荷屬東印度吧。」

我悔恨地回答。

我當然知道，我當然注意到了。然而，我卻輕忽了這一點。因為我認為只要把冰滴咖啡解釋成荷蘭，就能夠完美說明一切。

「是……這樣嗎？」

紀香歪了歪頭。美星小姐說明：

「在荷蘭統治時代，印尼所栽種的咖啡豆是苦味及澀味很重的羅布斯塔種咖啡豆，由那種咖啡豆萃取而成的咖啡，並不合當地荷蘭人的口味。因此他們想方設法，煞費苦心地尋找能用這種咖啡豆沖出好喝咖啡的祕訣，最後想出來的就是冰滴咖啡，也就是冰釀咖啡。」

由於冰釀咖啡不會加熱咖啡豆，因此不容易溶出咖啡因及單寧酸等成分，口感柔和。作法方面，有將咖啡豆磨成粉後，浸於水中一段時間慢慢過濾而成的冷釀式；也有將水長時間持續滴進咖啡粉裡萃取而成的水滴式。一般提到冰滴咖啡，指的都是後者。

「雖然因為是由荷蘭人想出來而以荷蘭（Dutch）命名，但在荷蘭其實幾乎喝不到這種咖啡，畢竟那是在印尼的喝法。」

「原來如此……也就是說，高野先生去過的並不是荷蘭，而是印尼？」

紀香依然一臉半信半疑的模樣。

「不過，這麼一來，關於荷蘭的咖啡店一事，就是以菜單中的『荷蘭』為線索，導出錯誤的推論。高野先生，你騙了我嗎？」

高野沒有理會紀香的質問。相對地，他再度盯著美星小姐，以堅定的聲音詢問：

「那我再問一次。妳認為我們在旅行的最後一晚，造訪的是哪個國家的咖啡店？」

美星小姐毫不猶豫地斷言：

「是日本。」

我一直在菜單上的「世界各地的咖啡」中尋找候選國家，這答案令我意想不到。

「日、日本嗎？這也算嗎？」

「首先，高野先生明白地說了，菜單上世界各地的咖啡『全是他在原產國喝過的』，而且他還說：『只要看過我店裡的菜單，就能知道我究竟造訪過哪些國家的咖啡店。』因此，這時就可以確定排除荷蘭了。」

我看著「世界各地的咖啡」時，曾確認當中有沒有重複的國家。然後在這時就認為冰滴咖啡所指的是荷蘭而非印尼——至少，我是如此列入考慮的。從這些事當中也可以明白，在菜單的品項中，沒有其他荷蘭的飲品。

「這麼一來，候選國就是印尼或奧地利了，但我仍摸不著頭緒。於是我將焦點放在『最後一晚』，換言之，就是隔天就會回到京都。考慮到抵達時間等因素，我認為若是在日本的旅館再住一晚，應該也能算是旅行吧。」

也對，也有這種情況吧。高野是說「只要看過我店裡的菜單，就能知道我究竟造訪過哪些『國家』的咖啡店」，並沒否定旅途中造訪日本咖啡店的可能性。

我認為這話沒錯，話雖如此，卻也沒有證據，這不過是又多一個候選國家罷了。

「妳為什麼會從這裡導到那是日本咖啡店的結論？」

「我猜想如果是日本，應該說如果是東京，就有一個會讓前未婚妻打消與高野先生結婚念頭的存在。」

「東京？東京的咖啡店裡究竟有什麼？」

美星小姐只在回答我這個問題時，表露些許感傷。

「高野先生的前未婚妻，之前曾與另一名男性訂婚對吧？高野先生查到那名男性工作的咖啡店，並帶她去了那裡吧。」

——那毫無疑問是我自作自受。

我驚愕地看向高野。他垂下眼瞼。

「為什麼做那種事……」

美星小姐看向啞口無言的紀香，繼續說了下去：

「您不希望她懷抱著遺憾結婚，對吧？在此之前，高野先生似乎也曾感覺到自己是她前未婚夫的替代品。所以您希望讓她與前未婚夫再見一面，確認即使如此，她仍選擇了自己之後再結婚。您堅信結果會是如此，才帶她前往那間咖啡店。」

那名女性的態度在造訪咖啡店前後截然不同，就表示在那間咖啡店裡一定存在某些事物，足以影響到打消結婚念頭。目前只想得到是對方的前未婚夫。美星小姐說道。

「高野先生所講的過程十分自然，不容易令人察覺到不對勁。但仔細想想就會注意到，關於她前未婚夫的事，與婚前旅行本身並沒有任何關聯。儘管如此，您仍刻意提及，就表示那件事本身是一個線索。實際上，如果沒有那個前提，我也無法導出這個結論。」

對方的前未婚夫經營咖啡館失敗，欠下大筆負債，但他卻活用了自己的經歷，被其他咖啡店僱用。如果這是事實，身為同行的高野想得到相關資訊應該不困難。雖然這已經是近十年前的事，但現在只要知道姓名，想透過網路查出對方的工作地點並非難事，即使無法輕易查到，透過同行的聯繫管道，想調查某個時期關閉的東京咖啡廳老闆也大有可能。

「是嗎……所以美星小姐，妳才會說不認為他是自作自受。」

我回想起美星小姐剛才所說的話。

單就字面上意義而言，我還是無法否認那過於理想化。只不過，在那背後，我與美星小姐分別想到的是毒品及前未婚夫的事。根據立場的不同，印象應該會大為迥異吧。

倘若高野相信對方會選擇自己，而帶她前往咖啡店，結果造成雙方的婚約告吹，那麼的確可以說是對彼此的理解不足或認知有誤。話雖如此，我認為仍無法完全抵銷高野自作自受這一點。然而，如今責備高野的心情已不那麼強烈。

「不過，儘管發生了那種事，卻隱瞞實情而偽裝成接觸了大麻，還真是刻意裝壞人啊。」

我用難以置信的心情這麼說，美星小姐則說出了自己的想法：

「高野先生雖然以荷蘭的咖啡店一事自嘲地揭露自己的過去，其實在內心某處，一直在等待能察覺真相的人出現吧。我造訪這間店時，馬上就詢問他店名Eagle Coffee是否取自於高野先生的姓氏。雖然很遺憾地猜錯了，但高野先生聽了這樣的話，注意到我總是試圖看穿各種事的個性，所以才會以出題為由，將這件事告訴初次見面的我吧。」

「……妳連這一點都看穿了，真是了不起。」

高野交抱手臂，看似疲憊地「呼」一地吐了口氣。

「這位小姐說得沒錯。我是在明知她可能會離開自己的前提下，讓她與那個男人重逢的。這就是所謂的無事生非。」

「不過，這是無可避免的過程。既然如此，這也是沒有辦法的事。」

美星小姐這麼說，似乎不是在安慰他，而是認真地、由衷地這麼想。然而，高野卻哼了一聲。

「不，這就是我咎由自取。事後我不曉得對自己的所作所為感到多麼後悔，否則我就不會像這樣，希望某人能看透真相了。其實我也明白，即使有人看穿真相，也無法挽回任何事。」

這句話令美星小姐緊抿雙脣。

「或許我只是希望藉由她並不是選擇那個男人，而是選擇了我這件事，獲得贏過對方的安心感吧。我試圖沉浸在那種優越感之中，結果得意忘形，於是漂亮地遭到了報應。」

「不過，高野先生，你現在也已經結婚了，這不就好了嗎？」

即使紀香試圖提醒，高野仍沒有停止折磨自己。

「我是在被她甩了之後，震驚之餘，半自暴自棄地結婚的，對方就是我現在的老婆，我們也有了孩子，然而卻適得其反。如同那個人在跟我交往時，將我當成那個男人的替代品，回過神來，我也發現自己現在仍在尋找她的影子，仍在尋求著能成為她替代品的人。」

說到這裡，高野便離開了吧檯，消失到店的後場去了。他的腳步蹣跚，就像一個酩酊大醉的醉漢。

我沉浸在抑鬱的沉默之中。這還是我頭一次聽見一名大我十歲左右的男性，坦承如此依戀不捨且露骨的傷感，令人感到有些噁心——並不是說高野這個人噁心。失去的戀情的確可能令人許久難以忘懷，而且也有人會一輩子將這份傷感藏於心中吧。然而，現在我面對的卻是至今仍未結束地存在於此、歷歷在目且晦暗的情感，沉浸其中的感覺著實令人不快。

所以，說刻意也確實過於刻意，但紀香以不合時宜的開朗聲音對美星小姐搭話時，我感到鬆了口氣。

「這位客人，您真厲害！竟然瞬間就解開了老闆隱瞞至今的真相！」

「哦，謝謝……」

美星小姐雖然不知所措，仍和善地回應。

「您說您也在咖啡館工作吧，是哪一間店呢？」

「是『塔列蘭咖啡館』的店，位於二条富小路通上。」

「是嗎！您這麼聰明的人所沖的咖啡，一定非常好喝！」

雖然我不認為聰明與否與咖啡的香味有關，但我也順著紀香的話說下去：

「美星小姐的咖啡是極品喔，我可以保證。」

「哎呀，那我一定得去品嘗。」

接著她站直身子，雙手在腹部前方交握。

「我叫皆川紀香。目前從事自由業，在這間咖啡店打工。近日內，我一定會前往塔列蘭叨擾的。」

「好的，請務必光顧，我會等候您的光臨。」

美星小姐原本面帶微笑，卻隨即垂下頭。

「搞不好我們家老闆會給您添麻煩，若您不在意……」

我凝視著紀香。她不僅年輕，長相也相當端整。的確，如果讓藻川先生見到她，想必會在零點五秒內露出下流的表情吧。

「您、您的老闆嗎？雖然我搞不太清楚，但還是很期待呢。」

我們請頭上浮現問號的紀香結帳後，就離開了Eagle Coffee。

7

我們沿著東大路通往北走。一如我先前的預感，天空在我們待在室內的期間哭了起來。

「總覺得聽見了很驚人的事啊。」

我們一起撐著折疊傘。或許是心理作用，身旁的美星小姐看起來似乎垂頭喪氣的。

「我由衷認為高野先生不過是採取萬不得已的行為，然而結果卻令他固執地自責至今。既然如此，我所做的事，會不會只是加深他自責的想法而已呢……」

「即使如此，高野先生仍等著某人肯定自己過去做出的判斷。所以請美星小姐也別自責了。」

雨點啪噠啪噠地拍打著傘。美星小姐的表情隱藏於傘影下，無法仔細看清。

駛過身旁的市營公車揚起水花。美星小姐輕聲詢問：

「……話說回來，那間店該不會是真子小姐介紹給你的吧？」

「啊，被妳看穿了？」

我無法順利矇混過去，畢竟美星小姐看見了真子所寫的繪馬，事到如今就算試圖說謊也無濟於事。

「上次之後，我讀起了《源氏物語》。其中有一段出自〈長恨歌〉的內容寫到『鴛鴦』一詞。我在簡餐咖啡廳裡聊到這段內容時，真子小姐就提起了有間可以品嘗到鴛鴦奶茶的咖啡店。」

「所以才說是在餐廳裡聽見客人交談的內容啊。原來如此，確實沒有說謊。」

「呃，妳這麼說反而令人感到內疚啊，哈哈……」

無視乾笑的我，美星小姐浮現正在思索些什麼的表情。雖然我原本打算解釋這並沒有任何特別的意涵，但又認為多一事不如少一事，於是便噤口不語。

我們在祇園十字路口的南側因紅燈而停下腳步。我在屋瓦般的日式拱廊下取出手機，傾斜身子隱藏著螢幕，撰寫簡訊給真子。

「我們去了Eagle Coffee，也喝了鴛鴦奶茶，還出乎意料地聽到了老闆的事。就各方面而言，那是間很有意思的店。」

我按下傳送鍵後，號誌便轉為綠燈。踏上斑馬線時，手機振動了起來。我取出一看，發現真子已經回覆了，動作真快。我幾乎是下意識地打開了簡訊。

接著，我感到不寒而慄。

「……青山先生？」

我在祇園的十字路口正中央停下不動，美星小姐慌張地拉著我。然而我的雙腳卻像陷進泥沼般動彈不得。

我回想起在安井金比羅宮看見的真子的繪馬。

——「希望MINORI不要再外遇了」。

——我叫皆川紀香。

——「皆」川「紀」香。MINORI[4]。

真子傳來的簡訊中，只寫了一句話。

「外遇對象就在那間店裡。」

---

4 日文中，「皆川紀香」的發音為「MINAGAWA NORIKA」，而「MINORI」可拆為「皆（MI）」與「紀（NORI）」二字。

****

【某封信・3】

我不曉得向未婚夫解釋過多少次，那一晚的錯誤是對方單方面的施暴。

但是，未婚夫卻完全充耳不聞。他重複說著「即使不是妳自己希望發生那種事，妳也有過失」這類的話語。

他僅對我這麼說過一次：

「即使一切都如同妳所說，妳沒有半點過錯，但我也不可能完全忘記自己在那一晚看見的景象。」

我想，他恐怕其實也相信我的話。畢竟在未婚夫睡在同一間房裡的情況下，與其他男性發生關係，這種事絕不正常。但即使他相信我，深深烙印在他視網膜上的光景，也令他再也無法接受我了。雖然悲傷，但我認為能夠理解。

我們解除了婚約。

我也不得不辭去工作。僅因為我稍微缺乏警戒，就在一個晚上失去了一切。

我也可以控告襲擊我的同事，然而即使那麼做，離開我身邊的他也不會再回來了。況且，即使以回想起那一晚的精神痛苦做交換，獲得些許補償，對我而言也過於空虛，我就連那麼做的氣力都不剩了。

話雖如此，我也絕不會原諒那名男同事。我殷切期望他在不幸深淵中持續過著苦悶的一生，最後痛苦至死。

四

Coffee Doll · raison d'etre

1

國中暑假結束後，有段時間我單是為了恢復日常作息就竭盡了全力。此外，九月底還有運動會，練習也逼得我喘不過氣。不知何時起，我再也沒有繞去河畔。

回過神來，已經進入十月。週一，放學途中，拂過上學途徑的涼風令人回想起春天，於是我前往了久違的河畔。

我馬上就發現了真子的背影。她坐在顏色略淺的草地，視線落在攤開的書本上。就算我沒過來的那段期間，她一定也在這裡讀著書吧。雖然毫無根據，但她是如此自然地融入在河畔的景色之中，令我幾乎可以如此相信。

「好久不見。」

我開口。她並沒有回頭。

——好久不見，暑假後就沒見過面了吧。

「難不成妳在等我？」

——呵呵，少得意忘形。我從遇見你之前就開始來這裡了。

我坐到她身旁，接著詢問：

「妳為什麼在哭？」

雖然覺得不過問也是一種溫柔，但我還不夠成熟。

——被你發現啦。

她說話的鼻音比平時還重，而且明明並非炎熱到讓人流汗的天氣，她的下顎一帶卻有水珠閃著光芒。就算沒看見她的臉，也能知道她正在哭泣。

——我出生至今，一直都住在老家。

我成長的城鎮並不是外地人會特意搬來工作的地方，單身的真子會這樣固定前來河畔，就足以證明她住在老家。然而，就當時的我來看，真子是個大人。成年了還與雙親同住，對我而言是有些難以想像的事。

——我的父母感情非常差，經常大吼大叫地吵架。所以即使是假日，我也不太想待在家中。我爸爸是自己開店，平日傍晚就會回家。

我出生在一個沒有特別問題的家庭，雙親基本上也相處融洽。所以當時的我認為那是極為普通的家庭樣貌，並以為因雙親離婚等因素導致型態迴異的家庭，只占其中一小部分。直到很久以後，我才知道並非如此。

「所以妳才會總在這個時間到河畔來。」

——我從小學起就這麼做了。原因大多是爸爸的異性關係混亂，而媽媽就會因此憤怒哭吼……不過，不知為何，他們並沒有離婚，所以我小時候還以為離婚是絕對被禁止的事。不過現在的我只覺得，還不如快點離婚比較好。

夕陽令真子的側臉產生陰影，我看不清她現在究竟是何種表情。

——不過，每當聽見雙親的爭執聲，我就會想摀住耳朵逃去某個地方……這大概就是我喜歡故事的最大理由。故事之中盡是溫暖且溫柔的家庭；不會吵架、深深愛著彼此的兩人……當然，也並非所有故事都是那樣。不過，總之只有在藉由埋首於故事世界以逃避現實的期間，我的內心才能獲得平靜。

我擠不出任何話。對我這個國中生而言，她這番話令我不知該如何反應。

——我很不甘心。不曉得爸爸的外遇對象，那個女人知不知道自己害得我們家分崩離析呢？即使只有一瞬間也罷，那個女人有沒有想過，這家的孩子會因為不想待在家中，從小到大都像這樣待在河畔打發時間？

真子已經停止了哭泣，反倒是我聽了她的話而一陣鼻酸。就算問我理由，我也搞不清楚。身為國中生的自己感受到前所未有的莫名悲傷，且因此憤怒不已。

「不可原諒，實在不可原諒。無論是令真子小姐產生這種心情的令尊還是他的外遇對象，我由衷地瞧不起他們，甚至想立刻衝去責備他們。」

——呵呵，你願意陪我一起生氣啊。

她為什麼要笑？我明明這麼生氣。不過，我也感到有點高興。

「妳沒有考慮過離開家嗎？」

——嗯，我曾經仔細考慮過。但這麼一來，父母一定會吵得更嚴重。畢竟無論如何，都是身為女性的媽媽的立場及力量比較脆弱。而且媽媽現在是家庭主婦，如果離婚，她的生活也令人擔心。考慮到這點，我就實在無法下定決心離開家。

我想起真子以前曾說過希望能靠學會的技能謀生。這是為了若有萬一，不想變得跟自己的母親一樣——她或許也抱持著這樣的想法吧。倘若如此，那還真是聰明卻淒涼的動機。

我認為真子為母親著想的溫柔很美麗。另一方面，她言行舉止中處處散發的豁達，也令我單純地感到疑惑。她有必要為了母親而犧牲自己的生活、自己內心的平靜嗎？所謂的母女，就是這樣的關係嗎？

此時，她曾說過的話突然浮現在我的腦海中，那個她曾經告訴過我的夢想。

「所以，妳才會想成為很棒的新娘子啊。」

希望新的家庭能夠成為自己的容身之處。希望自己與丈夫能夠相處融洽，不要演變成她父母那樣的關係——而且，希望能在非常自然、別無他法的狀況下離開雙親。

——嗯。

既然要點頭，就別發出那種軟弱的聲音，別表現出那種看破一切的態度。

「真子小姐，我認為妳還是思考該如何讓自己獲得幸福比較好喔。」

我只是將想到的話說出口。當時我完全沒有任何「國中生就該耍帥」之類的想法。

此時，我突然感覺到肩上的重量及溫度。

真子倚向我這邊，將頭靠在我的肩上。

我的心臟好像快停止了。

——明明只是個國中生，還那麼囂張。不過，謝謝了。

她髮絲的香味刺激著我的鼻腔。我果然很喜歡她。

不過，我並不知道該拿這份心情如何是好。

2

——「希望MINORI不要再外遇了。」

假如「MINORI」指的是皆川紀香，那麼我在安井金比羅宮繪馬掛置處看見的、真子所寫的繪馬，就並非是針對自己的丈夫，而是針對外遇對象許願。

我也依稀覺得有些不自然。雖然稱不上是詛咒，但要針對丈夫許下消極的願望——希望拆散某人與他人這樣的願望，無論是何種情況都不得不說是消極——會心存抗拒也可以理解。雖是有些極端的例子，不過就算丈夫是因事故之類而死亡，仍無法改變他「不再外遇」的事實。倘若願望以這種形式實現，真子應該也難以承受吧。

Eagle Coffee這間店是真子介紹給我的，她本身也去過那裡。我不認為她丈夫的外遇對象在那裡的事純屬偶然。真子應該是調查了丈夫外遇對象的工作地點後，為了接觸對方而隱瞞身分前往那間店。雖然沒有根據，但這麼推論應該是最容易理解的。

那麼，真子為什麼沒在繪馬上寫上皆川紀香的全名呢？理由也很容易想像。皆川紀香任職於Eagle Coffee，造訪就在附近的安井金比羅宮的可能性也不低。人們對於自己的名字這種熟悉的事物應該會更加敏感，如果在繪馬上寫了皆川紀香的全名，就有讓當事人發現的危險。所以她才會寫上自己取的暱稱吧。

此外——「MINORI」這個詞彙還有其他意思。

這時，我正坐在塔列蘭咖啡館的吧檯座位上讀著《源氏物語》的後續。或許是我逐漸習慣閱讀長篇文字，也或許是習慣了這個故事的世界觀，我閱讀的速度加快，已經來到描繪光源氏生命歷程的劇情尾聲了。

我剛好讀完第三十九回〈夕霧〉。我已經事先在電子書閱讀器中下載了整套作品，於是我接著開啟下一篇。

第四十回的篇名為〈御法〉[1]。

此時我的意識自然而然地跳到真子的繪馬上。然後覺得將MINORI作為皆川紀香的代稱一事，很有真子的風格。

我從閱讀器中抬起頭。美星小姐正在吧檯內側做著奇特的動作。她眼前擺著兩個玻璃盆，美星小姐正在將分別裝在兩個盆中的不同飲料倒進杯中調合。

「美星小姐，那個……妳該不會在煮鴛鴦奶茶吧？」

我出聲詢問。她苦笑道：

「是啊。因為在Eagle Coffee品嘗到的鴛鴦奶茶很好喝，我也想試著做做看……但不太順利。」

「怎樣，也讓我喝喝看嘛。」

美星小姐遞出的杯子裡，裝滿了焦糖色的液體。單看外表，與在Eagle Coffee喝到的沒有太大差別。

我啜了一口美星小姐親手調製的鴛鴦奶茶——在下個瞬間便無可抗拒地皺起臉來。

「唔，這個……確實不太好喝啊。」

「沒錯吧？總覺得只強調出澀味……味道不太一樣。」

「失禮了。」美星小姐這麼說著，收走了杯子。

「是材料的比例有問題呢？還是我沖的咖啡或紅茶不適合做鴛鴦奶茶呢……我原本打算如果能順利調製出來，就列入菜單裡，看來目前還是有難度。為什麼無法變得好喝呢？」

她一臉費解地歪著頭。好奇心旺盛是美星小姐的一大特徵，這點從我們相遇至今都沒有改變，令我不由得微笑。

儘管發生了許多事，總之前往Eagle Coffee一事，對美星小姐而言似乎成了刺激。雖然認為這是好事，但到目前為止，真子讓我們前往Eagle Coffee的原因依然成謎。

在她心中究竟正構築著怎樣的故事呢——我開始思考這件事時，塔列蘭的店門突然開啟。

「你好！」

看見隨著活力充沛的聲音走進店裡的人物，我吃了一驚。

「歡迎光臨……哎呀，紀香小姐。」

美星小姐展露微笑。

「雖然之前才見過，但我真的來了。」

快步走到吧檯前的人是皆川紀香。她竟然在我思考關於真子的事時上門光顧，時機未

1 日文中，「御法」一詞發音亦為「MINORI」。

免也太湊巧了。從她的口吻聽起來，她今天似乎是第一次來到塔列蘭。她將傘插在入口的傘架中，長至膝下的米色裙襬被夏天的雨水打溼而變了色。

「啊，這位先生也是，你好。」

我隱藏內心的動搖向她點頭打招呼。這是自我們造訪Eagle Coffee後，隔了十天的重逢。

「哦，真棒的店……哇，這是什麼？」

紀香毫不客氣地環顧店裡，在置於角落座椅上的人偶面前停下腳步。

「很不錯吧？是我們店裡的吉祥物『垂井蘭』[2]喲。」

坐在一旁吧檯座位的藻川先生這麼介紹人偶。他不知何時還取了這樣的名字啊。

「不要擅自把它當成吉祥物啦。」

美星小姐皺起鼻子抗議。

「對不起喔，紀香小姐。我雖然叫他收走，但他怎樣都不肯聽。」

「啊……呃，這位是？」

「我們店裡的老闆……」

「我叫藻川又次，請多多指教喲。」

藻川先生插話，以流暢的動作握住紀香的手。

紀香邊稍微退開邊說：

「啊，這位就是老闆……妳上次回去前跟我提過的……」

「真是抱歉，就是這麼回事。」

由於情勢發展太過符合預期，美星小姐、紀香以及我三人一齊沉默了下來。只有當事人藻川先生一個人宛如年輕十歲般生龍活虎。

接著紀香點了咖啡——雖然是夏天，但她還是在我的推薦下點了熱咖啡——並跟查爾斯玩了一會兒。查爾斯親人的可愛個性，似乎令愛貓的她神魂顛倒。美星小姐將沖好的咖啡放到吧檯後，紀香便走了回來，嗅著咖啡杯中散發的香氣。

「嗯，好香。果然能令人感到平靜呢……只要沒有那道視線。」

紀香的座位正好與人偶的雙眸相對。美星小姐連忙走出吧檯，挪動整張椅子的角度。

「不、不好意思。」

「不能直接拿去扔掉嗎？」我問。

「這個既大又沉重，我一個人單是要移動就相當辛苦了。而且，自從有了這尊人偶，叔叔的老位子就沒了，打瞌睡摸魚的情況也因此減少……」

---

2 日文中「垂井蘭」與「塔列蘭」發音相近。

原來如此。看來似乎並不是只有壞處啊。

紀香呼呼地吹著咖啡讓它稍微涼一點，咕嚕一聲喝下去後……

「好喝！」

她說了這麼一句。不知為何，連我都感到很驕傲。

「沒錯吧？美星小姐所沖的咖啡，是我心目中的理想咖啡啊。」

基本上，紀香是真子的仇敵，就我而言也該是不受歡迎的人物。然而像這樣相處後，我實在無法把她跟那樣的形象聯想在一起。或許也是紀香態度友善的緣故，回過神來，我已經與她融洽地聊了起來。

對咖啡香味大大讚賞一番後，紀香彷彿突然想起什麼般，再度看向人偶。

「話說回來……說到人偶與咖啡，我最近聽到一個令人在意的話題。」

「令人在意的話題嗎？」

美星小姐剛走回吧檯裡。

「是的，而且稍微有些懸疑……對了！」

紀香啪地拍了手掌。

「咖啡師小姐，妳能不能像之前那樣解開謎題呢？我會詳細說明內容。」

「如果我能夠幫得上忙的話。」

美星小姐雖然謙遜地那麼說，其實應該相當感興趣。我也被勾起了興致。

「那個關於人偶與咖啡的謎題是什麼？」

「是。其實，這是跟我姑姑有關的事——」

紀香又咕嚕地喝了一口咖啡，接著開始述說。

3

紀香的姑姑，準確來說是她父親的妹妹皆川真菜，是一名三十八歲的公司職員。她在剛畢業時被一間製作大阪情報雜誌的出版社錄取擔任編輯，目前已任職十五年。她的身材高挑，總是身穿筆挺的襯衫及褲裝，為了避免妨礙工作而將頭髮修剪成短髮。她的經驗及能力都受到公司的肯定，現在任職於有相應責任的職位。對目前是自由業者的紀香而言，姑姑是自己憧憬的女性。

真菜雖然未婚，但目前與未婚夫新島孝敏於大阪市內的公寓同居。四十歲的孝敏自己經營一間室內設計事務所，主要業務為餐廳的內部裝潢等。兩人也是因為工作關係結識，他們是在一間新開幕餐廳的活動上邂逅。

關於自己的工作，孝敏表示只要是與內部裝潢有關的，他什麼都包。實際上，他不僅擁有豐富的室內裝潢及電器相關知識，也能針對每個顧客靈活應對，有時還會配合店家風格調整市售商品的造型。孝敏並非自己加工，而是與數家承包相關業務的業者往來。由於是個人事務所，作風能隨機應變，也能回應各種細微的要求，因此開業近十年來，已經獲得穩定的支持度。

孝敏的事務所位於商辦區，一棟小而雅致的複合式大樓裡。

不需脫鞋直接走進玄關，經過左側的廁所，就能看見會客區。一邊是兩人座沙發，另一邊是兩張單人座沙發，中間挾著一張矮玻璃桌。旁邊則設置著屏風及較高的觀葉植物，與後方空間加以區隔。

繞進屏風後方，右側有廚房及淋浴間。雖然名為事務所，但這裡設計成只要有意，也可以在這裡生活。接著穿過左邊的門，就是工作房。由於收有顧客的個人資料，外人是禁止進入的。房裡除了有書桌、電腦、書架，為了忙碌時能夠過夜或小睡一會兒，還擺了一張床。

會客區總是保持整潔，如果不是這樣就派不上用場了。不過，反正工作房裡不會讓別人進來——或許是意識到這一點，雖然裝潢及配置因為職業關係相當講究，但也沒有其他職員，所以大部分時間都是亂七八糟。

然後，不知從何時起，真菜開始會在假日等空閒時間幫孝敏打掃事務所。當然，她不會碰觸有關工作的書籍或工具，這一點也獲得他的信任。孝敏在事務所裡工作時無法進去打掃，為了讓真菜在孝敏不在時也能進出事務所，他給了真菜備份鑰匙。

真菜開始進出孝敏事務所一年以上，事務所都沒有什麼太大的變化。不過，就在大約一個月前，工作房裡突然出現了詭異的物品。

那是全長超過五十公分的大型陶瓷娃娃（Biscuit Doll）。

陶瓷娃娃是十九世紀時深受歐洲中產階級女性喜愛的人偶。頭部等處是以陶瓷製成的，因此以法文的「二度燒（Biscuit）」一詞作為它的名稱。當時大受讚賞的華美服飾、臉蛋，以及凝煉了工匠技巧的精緻、細膩作工，令其在流行了百年以上的現代，也以古董娃娃之名持續受到愛好者的青睞。

出現在孝敏工作房裡的陶瓷娃娃，端正地坐在一張有著扶手的小椅子上。褐色縱卷髮垂到胸前，身穿有著大量蕾絲的綠色蓬裙洋裝。前方還放了一張像是人偶專用的新桌子。

那樣的人偶突然出現在事務所裡，真菜當然會冒出「這是什麼？」的想法。

孝敏如此介紹那個人偶。

「她叫莉莉喔。」

「我接到一樁內部裝潢的生意，是以在店裡擺設數尊人偶為概念的餐廳。於是我和餐廳老闆一起前往專賣店挑選人偶，就是在那裡遇見這孩子的。我覺得她彷彿對我說著『帶我回去』。」

至今為止從未對人偶表現出興趣的未婚夫突然說出這種話來，也難怪真菜會擔心。雖然考量孝敏在設計工作上有著個人的堅持，也經常展現他藝術家的一面，卻還是令她擔心。

「她很可愛吧？我經常會替她換衣服、戴上首飾並化妝喔。」

未婚夫這麼說，輕撫著「莉莉」的頭髮，真菜只能以困惑的眼神看著他。然而孝敏不曉得是不是察覺到真菜的心情，又以略帶惡作劇的表情接著說道：

「莉莉最喜歡喝咖啡囉。」

這句話讓真菜想起了大約一個月前造訪事務所時發生的事。

理所當然的，當時還沒有「莉莉」的存在。孝敏從以前起就不愛喝咖啡，因此不會主動去喝，不過事務所裡備有沖泡給客人喝的濾掛式咖啡包。真菜在確認備品時，發現咖啡包的數量明顯減少許多。

真菜詢問孝敏最近造訪的客人數量是否很多。孝敏搖搖頭。於是她提出咖啡包減少一事，孝敏便如此回答：

「這陣子我也開始喝咖啡了，不過會加很多牛奶及砂糖。」

真菜也曾看過孝敏之前會在必要的情況下——外人面前之類的——喝咖啡的模樣，所以沒有太過在意。那天孝敏也確實在真菜面前喝了添加牛奶及砂糖的咖啡。

因此，如果只是延伸為不僅自己飲用，也會沖給人偶喝，她倒不認為是太過異常的舉動。她想像著，那就像是在神桌前放上供品的感覺。

所以真菜對於孝敏那句「莉莉喜歡喝咖啡」的話，僅以陪笑帶過。沒想到孝敏看了真菜的反應後，似乎有些動怒地激動說道：

「妳不相信對吧？她真的會喝咖啡喔，而且還是黑咖啡。」

孝敏把無言以對的真菜晾在一旁，走向廚房。接著用事務所裡的黑色琺瑯瓷杯及濾掛式咖啡包沖了咖啡。

「如果不用莉莉喜歡的這個杯子，她就不會喝。」孝敏這麼表示。

接著，他將擺在人偶前桌上的書籍等物品移開。那是一張小小的圓桌，桌面是黑色玻璃。中央以綠色線條描繪了同心圓，相當別致。

接著，孝敏又將年代久遠的卡帶式收音機放在人偶旁，播放起古典音樂。

「她喜歡邊聽音樂邊喝咖啡喔。」

孝敏這麼說，而真菜早已超越了傻眼的程度。

最後，他將裝有咖啡的杯子放在桌上，催促真菜離開工作房。

「要是一直盯著她看，她會害羞得不敢喝咖啡。」

接著兩人移動到會客區喝咖啡。期間，孝敏因前往廁所或廚房而數度離席，卻一步也沒有踏進工作房，甚至沒有靠近房門。

就這樣過了一小時左右，孝敏看著手表確認時間後，從沙發上起身。

「差不多了，過去看看吧。」

真菜跟在孝敏身後走進工作房。不甚寬敞的房裡瀰漫著咖啡香，莊嚴的古典音樂仍持續播放著。

真菜看向桌上的咖啡杯，倒抽了一口氣。

原本裝滿杯子的咖啡，此時已減少到將近半杯。

孝敏看了真菜吃驚的表情，笑著說道：

「妳該不會正想著『房間裡是不是躲了人』吧？既然這樣，妳可以確認看看。」

真菜依孝敏所言，確認了工作房裡可能躲人的地點。桌子底下、床鋪、收納櫃內……

然而，沒有半個人。

這的確是乍看之下，只能認為是人偶喝了咖啡的奇特情況。

4

「……你們怎麼看？」

紀香像是商量祕密般屈身向前，壓低聲音詢問。

我「嗯」地點頭。

「哎，雖然不可能有這種事，但確實會想斷言是人偶喝掉的。」

「孝敏先生原本就有些孩子氣，喜歡做些令人不可思議或惡作劇般的事。這次的事，姑姑也認為孝敏先生是為了惡作劇才在房間裡放置人偶。所以這並不是什麼超自然現象，肯定有什麼機關。」

不用她說，我也會以設有機關作為大前提。

「我確認一下，孝敏先生沒有偷喝的可能性吧？」

我詢問。紀香斷言「不可能」。

「如同我剛才所說，孝敏先生從走出工作房到再次進去的一小時內，甚至沒靠近過房門。而且姑姑所坐的位置可以清楚看見那扇門。此外，在他放下咖啡杯走出房間，及一小時後走進房間時，姑姑都在孝敏先生身旁，他不可能在姑姑沒注意到的情況下偷喝咖啡。重點是，孝敏先生不敢喝黑咖啡。」

關於不敢喝這一點，只要忍耐一下偷偷吐掉就好了，所以不成問題。然而，就整個情況看來，孝敏想偷偷處理掉似乎也辦不到。

「美星小姐，妳怎麼想？」

我看向吧檯內側。美星小姐甚至沒在磨咖啡豆。

「這個嘛。我腦中是浮現了一些想法……」

「哇，果然敏銳。請說來聽聽嘛。」

紀香想追問下去，卻讓我制止了。

「請等一下，其實我也有些想法。」

於是美星小姐將指尖比向我。應該是讓我先說的意思。

「咖啡的量在一小時內明顯減少了，我認為咖啡會不會是蒸發了？」

「沖了一杯熱咖啡，在一小時內自然蒸發了一半——你不會是想這麼說吧？」

紀香瞇起雙眼。我當然不會說那種蠢話。

「如果是在沒有任何特殊情況之下，一小時內要自然蒸發那麼多是不可能的。不過，如果無法自然蒸發，只要加熱就行了。」

「你的假設是桌上藏有加熱機器是吧。」

紀香換句話說，我點頭附和。

「孝敏先生能處理業主關於電器的細微要求，也與承包商有來往，對吧？想訂作一張設有加熱裝置的桌子，應該是輕而易舉的事。」

「不過，桌上放了書籍喔。」

我稍微花了一點時間才了解這句話的意思。

「……妳是想說『重要的書籍會燒掉』是嗎？只要關掉電源不就好了？」

「就現實層面而言是這樣沒錯。不過考量到一般人的心態，會刻意在上面堆放紙類嗎？那張桌子的外觀既然就只是一張玻璃桌，上面也不可能有明顯的點火裝置啊。」

經她這麼一說，確實如此。或許世上也有人不會在意這種事，但換作是我就會猶豫。畢竟要是電源在沒注意的情況下開啟就糟了。

「唔……美星小姐，妳怎麼想？」

倘若是平時，美星小姐會斬釘截鐵地說「我覺得完全不是這樣」。不過這次她並沒這麼做。

「會不會是使用了ＩＨ電磁爐？」

她支持了我的論點。既然她沒說出「不對」，那就代表答案雖不中亦不遠矣了。

近年來，對許多日本人而言，ＩＨ可說是相當熟悉的物品。ＩＨ是Induction Heating，也就是感應加熱的簡稱，是藉由讓電流流過電磁爐內部的線圈產生磁場，使其在通過特定金屬時會產生熱能的構造。並非以火力等方式加熱，而是讓金屬本身產生熱能的形式，因此不會讓熱能傳導到其他物品上，較為安全。

「琺瑯杯可以在ＩＨ爐上使用嗎？」

我提出直接的疑問。雖然我知道也有適用於各種金屬的ＩＨ電磁爐，但大多數ＩＨ爐若是沒有使用特定的烹調器具，應該是無法加熱的。

美星的回答直截了當。

「雖然是因物而異，但珐瑯是能用ＩＨ爐加熱的金屬喔。」

原來如此。畢竟我不太下廚，而且我一個人住的房子裡也沒有ＩＨ電磁爐那種厲害的器具，我不知道也是正常的……我決定這麼想。

「如果是ＩＨ電磁爐，即使忘記關掉電源，只要放置的不是可導熱的金屬類製品，就不會加熱，因此就算在上面放置書籍也比較不會擔心吧。而啟動時發出的聲響，我認為是靠收音機播放的古典音樂加以掩蓋。」

沒想到原本以為只是作為效果的古典音樂，竟然還有這層用意。我沒有想到那一步。美星小姐果然更勝數籌。

但意外地，紀香並沒有對美星小姐的想法感到欽佩，而是指出問題點：

「如果只是偷偷開關加熱機器的電源，想瞞過姑姑的方法想必多得是。不過，孝敏先生在一小時後回到工作房，別說是桌子了，甚至連房門都沒有靠近喔。自然也不可能直接碰觸加熱裝置。如果這段時間都在持續加熱，他們回到房裡時，杯裡的咖啡應該還在沸騰才對，我不認為姑姑會漏看這一點。」

「孝敏先生在中途曾離開會客區到廁所或廚房去對吧。我想在廁所附近的玄關，或是廚房一帶應該設置了分電盤吧。只要操作開關，僅切掉工作房的電路，就能關掉電磁爐的電源了。」

「若是切掉工作房的電路，也會關掉收音機的電源吧？」

「妳說過收音機年代久遠吧。我近幾年也已經沒使用收音機，因此對最近的款式不太熟悉……不過如果是舊型的卡帶式收音機，有許多也是可以裝電池的吧。」

的確，數位音樂播放器普及以後，卡帶式收音機就愈來愈少見了。我直到高中為止都還很愛使用。自己房裡的收音機是便宜貨，僅具備最基本的機能，不過我記得確實是可以裝電池使用的款式。

紀香並未加以反駁，看來似乎是接受了美星小姐的說法。然而，這時美星小姐卻補充了一句令人意想不到的話：

「以上就是我的想法。不過紀香小姐，妳其實也已經猜到了吧？」

「咦，是這樣嗎？」

我轉頭看向紀香。她露出一副吃驚至極的表情。

「是的，其實……不過，妳怎麼知道？」

「因為在剛才那段敘述中，妳漂亮地提示了所有必要資訊。從杯子的材質、室內瀰漫著咖啡香氣等等，都成了明確的提示。」

「真不愧是咖啡師，竟然連這點都看穿了。」

紀香看著美星小姐的眼眸更加閃閃發亮。

「如妳所說，我與姑姑討論這件事時，就得出了『會不會是使用了ＩＨ電磁爐』的結論。剛才的敘述也是，該說是刻意放入了線索，試圖『誘導』兩位嗎……」

「因為是『感應加熱』[3]嗎……」

我有些掃興。我原本認為這道謎題愈來愈有意思，不過她早已導出了正確答案，根本不需要我們解謎。雖然我也沒有解開就是了。

正當我這麼想時……

「不過，那個結論是錯誤的喔。」

紀香的一句話，又完全顛覆了情勢。

「錯誤的？」

我複誦。紀香點頭，接著以認真的表情開口：

「這件事其實還有後續——」

5

那天之後，真菜為了採訪要刊載於情報雜誌上的餐廳而獨自漫步於大阪街頭。

她碰巧在午間來到了孝敏的事務所附近。不，因為這裡是她十分熟稔的區域，十分熟稔的道路，若要說碰巧或許有些語病。不過，那天真菜決定繞去孝敏的事務所一趟，完全是一時興起，也沒有事先通知孝敏。

事務所的備份鑰匙與真菜的自家鑰匙掛在同一個鑰匙包中，因此她總是隨身攜帶。

「打擾了。」她這麼說著走進事務所時，沒有看到孝敏的身影，他似乎不在。但電燈及空調都還開著，或許只是暫時外出而已。她心想。

因為是自己十分熟悉的事務所，真菜自行沖了咖啡。熱水瓶裡裝有熱水，不需要另外加熱。她一邊啜飲著咖啡，自然而然地回想起前陣子人偶的那件事。

她與姪女聊過，提出了「會不會是使用ＩＨ電磁爐」的假設。她認為，這或許是個確認的好機會。

---

3 日文中，「感應加熱」寫作「誘導加熱」。

真菜跟前幾天一樣，用琺瑯杯及濾掛式咖啡包沖了咖啡，放在人偶前方的桌上，接著用收音機播放了古典音樂後走出房間。最後，再將設置於廚房的分電盤中，工作房的開關切掉。

為什麼要採取這種作法，她自己也不太明白。就算這麼一來咖啡沒有減少，也無法證明上次一定使用了ＩＨ爐。不過，她想盡可能維持同樣的條件來實驗，這也是她個人對於孝敏孩子氣所展現的善意包容。意氣用事地試圖拆穿真相，未免太不知趣了。

她一邊在會客區喝著咖啡，並一再前往工作房確認。咖啡並沒有減少的跡象。雖然是理所當然的事，自己卻有些失望。就這樣過了大約十五分鐘左右，正好在真菜走進工作房時，事務所入口的門打開了。

「我回來了……咦？」

腳步聲筆直地走向工作房。孝敏吃驚地現身。

「妳在做什麼？應該說，妳怎麼會在這裡？」

孝敏把真菜帶出工作房，並在會客區與她面對面。當她告知自己是經過附近，來喝杯咖啡就順便幫莉莉也沖了一杯後，孝敏便氣憤地說：

「妳不要擅自亂來！」

平時總是我在幫你打掃，不應該這麼說吧？雖然她想如此抗議，但今天自己並不是為了打掃而造訪的。真菜坦率地致歉。

這時，她看見孝敏將看似在便利商店買的沙拉、飯糰、寶特瓶飲料等攤在桌上，分量以一餐而言多了一些。真菜指出這點……

「我連晚餐的份一起買了。」孝敏如此回答。

如果他平時總是吃這些食物，令人不太能苟同。真菜委婉地提醒孝敏應該更注意健康後，他聳聳肩。

「不然就一起出去吃吧。妳還有時間吧？買回來的食物等我肚子餓時再吃就好。」

真菜看了看手表，距離下一個採訪還有些時間。

「好，就這麼決定了。我先去一下廁所。」

等孝敏的身影消失在廁所裡，真菜就偷偷走回工作房。以防萬一，她想在出發前再次確認咖啡杯。她走向桌旁，確認咖啡杯內部。

接著，她發出吃驚的聲音。

原本裝滿整杯的咖啡，已經減少到將近一半了。

分電盤的開關仍是切掉的，ＩＨ電磁爐不可能啟動。她拿起咖啡杯輕觸桌面，僅有咖啡杯殘留的餘溫，怎樣都不像是剛才加熱過的溫度。

「所以我不是說了嗎？莉莉會喝咖啡。」

孝敏不知何時從廁所走了出來，在她身後這麼說，接著咧嘴一笑。

真菜的視線目不轉睛地盯著人偶。她那大而渾圓的眼眸看向空中，楚楚可憐地端坐著的姿態，令人毛骨悚然的程度與前一次完全無法相比。

「……即使分電盤的開關被切掉，咖啡的量還是減少了？」

我不由得開口。紀香露出奇妙的表情。

「沒錯。」

既然如此，包含ＩＨ電磁爐在內，任何需要電力的加熱裝置就完全不能使用，美星小姐剛才的假設被徹底推翻了。

「應該沒有像卡帶式收音機那種，可以用電池運作的ＩＨ爐吧。」

我苦澀地說，紀香也立刻否決了這個可能性。

「我調查過了，並沒有那種東西。事實上，電池並無法供給ＩＨ爐加熱所需的電力。」

雖然無法具體想像，不過就表示那必須消耗相當大量的電力吧。我試著尋找其他想像得到的方法。

「孝敏先生對咖啡杯很講究吧。倘若那不是為了在ＩＨ爐上使用……比如說，有沒有可能設有能自動交換咖啡杯的裝置呢？」

說到人偶，在日本有著「機關人偶」這項文化。奉茶童子人偶可說是其代表。可將裝了茶的茶杯送到客人面前，而後將喝完的茶杯歸還，人偶就會自動退下。那以發條驅動，完全不需任何電力。

當然，只要設想出交換杯子的辦法，由於和加熱到咖啡蒸發的情況相比，只需要使用極小的能量，就算是必須仰賴電力的機關也不要緊。如果是交換杯子的機器人之類的物品，就極有可能只靠電池運作。

我原本認為這是個還不錯的點子……

「我覺得完全不是這樣。」

結果這次美星小姐完全將我的想法一刀斬斷了。她不知何時開始磨起咖啡豆，手邊的手搖式磨豆機傳來喀啦喀啦的聲響。

「如果交換的是空杯，或許就不能完全捨棄這個可能性。但兩次情況都是乍看之下只剩半杯左右的咖啡。既然如此，就算不討論交換裝置所需具備的高度技術，還有『必須事先準備好僅剩半杯的咖啡杯』這項極大的障礙。更何況這一天，真菜小姐是臨時起意造訪事務所，並在人偶面前放了咖啡，孝敏先生是無法事先做好任何準備的。」

「不過……或許可能預定要讓別人看而事先準備好啊。如果是以咖啡杯的重量啟動的裝置，孝敏先生也沒有必要自己操作。」

「放上杯子後，真菜小姐曾數度走進工作房確認咖啡沒有減少吧？在放下的瞬間不會啟動，數十分鐘後才會與放在裝置裡的杯子交換，而且還不需要插電啟動的裝置。就現實而言，你認為可能存在嗎？」

我無言以對。我認為這未必辦不到。不過，若問我是否要做到這種程度，我就會感到困惑了。要製作在美星小姐剛才的假設中提到的、設有IH電磁爐的桌子，以及製作原創的咖啡杯交換裝置，兩者間的難度可說是天壤之別。

「除此之外，也可以想到自動從咖啡杯中吸取一定容量的咖啡的裝置，但我想以同樣的理由否決。雖然那或許沒有咖啡交換裝置的難度那麼高，但總之還是太不切實際了。」

「既然如此，美星小姐知道喝咖啡人偶的真面目了嗎？」

她停下轉動磨豆機的手，如此斷言：

「答案非常簡單。」

接著，她筆直看向紀香。

「您想聽嗎？想接受真相嗎？」

紀香一語不發，表情變得嚴肅。

「竟然問她想聽嗎……紀香小姐不就是為此才說出這件事嗎？」

我插嘴。「我想……」美星小姐說。

「我想，我所想到的真相，應該會令紀香小姐一度懷疑的不祥預感成真。」

「請等一下。妳的意思是，紀香小姐也已經猜到謎題的答案了嗎？」

這與剛才的發展相同，令我感到混亂。

紀香又噤聲不語了一會兒。然而她最後抬起頭，朗聲說道：

「請告訴我。」

美星小姐以不符她個性的冷淡語調吐出回應。

我想，她一定由衷對這類話題感到厭煩了吧。

「我認為，孝敏先生可能劈腿了。」

6

「……我單是在今天之內，就不曉得該吃驚多少次才好了。」

紀香浮現疲倦的笑容。

「我並不是為了說這些事才來這裡的。倒不如說，我原本打算一直將這件事藏在心底。不過，我一走進有位聰明咖啡師的咖啡館，又看見那尊人偶時，就總覺得它看著我的眼神，像是在對我說『講出這件事吧』。」

紀香瞥了一眼藻川先生取名為「垂井蘭」的人偶後這麼說，完全沒有否認美星小姐的話。

「呃，為什麼人偶喝了咖啡，會連結到孝敏先生劈腿這件事？我完全摸不著頭緒。」

我還沒聽見謎題的關鍵答案。我尋求美星小姐說明時，她就用剛才磨好的咖啡豆沖著咖啡，同時開口：

「直到四十歲才改變口味，進而變得會喝咖啡並非全無可能。不過，我覺得那個藉口顯得有些勉強。濾掛式咖啡包會減少，單純只是因為有人喝掉了吧。那是某個無法對真菜小姐明說的存在，而且想必是頻繁造訪事務所，使得咖啡包減少的數量多到能讓人一眼就能看出來的對象。」

「符合條件的，充其量也只有劈腿對象了。」美星小姐說。對於與真菜同居的孝敏而言，事務所是最適合帶女性前往的地方。

「不過，真菜小姐手上有事務所的備份鑰匙吧？他會帶其他女性進入那種地方嗎？」

我提出質疑，而美星小姐則對我露出如嗅到惡臭般的表情。

「我會覺得『好大的膽子』。不過，因為這樣碰巧撞見而演變成慘況的事，我已經不曉得聽過多少次了。」

「……的確。」

我無法回嘴。美星小姐輕咳了一聲清清嗓，又恢復原本冷靜的表情。

「而且，真菜小姐是上班族，會到事務所打掃的時間點大多是週末，是很有規律的吧？只要確定真菜小姐不會在週間的特定時間過來，不就可以考慮帶其他女性進去了嗎？」

她說得如此巨細靡遺，我也只能回答「確實有這種可能」。我對於打斷她的話一事致歉，並催促她繼續說下去。

「對於劈腿對象愛喝咖啡，造成濾掛式咖啡包減少一事，孝敏先生並沒有注意到。然而意想不到的是，真菜小姐卻察覺了。孝敏先生應該產生了危機意識，認為這樣下去，劈腿對象的存在或許會曝光。所以，他才會在工作房裡放置了人偶。」

話題又一下子扯遠。我正想開口提出異議，美星小姐卻搶先了一步。

「如此一來，就算劈腿對象將首飾或化妝品遺留在事務所裡，只要主張是給人偶用的，就可以矇混過去。此外還有頭髮，真菜小姐是黑色短髮，而人偶則是褐色卷髮。他的劈腿對象恐怕也有著一頭褐色波浪卷髮吧。」

作為隱瞞劈腿的行動而言，實在相當大膽。不過，有鑒於孝敏本身的職業、至今為止不時在真菜面前展現的藝術家行徑，估計這一點不會有任何問題。他有信心不會進一步成為更多懷疑的開端。

「那麼，美星小姐在聽到紀香小姐說的前半段內容時，就已經考慮到他劈腿的可能性了吧。妳為什麼沒有提及這一點？」

針對我的詢問，美星小姐似乎感到有些不可思議。

「問我為什麼……只是要說明杯中咖啡減少的原因，沒必要揭穿孝敏先生劈腿的事。畢竟謎題本身是『理應不會減少的咖啡減少了』這個現象吧。對於這點，只要說出使用了ＩＨ電磁爐一事就夠了。」

我能夠充分理解她的主張，但是……

「到頭來，ＩＨ爐這個假設是錯誤的吧。因為在無法用電的情況下，咖啡還是減少了。」

「不。我至今仍不打算收回這個假設。孝敏先生一定是認為，若單是擺放人偶，目的或許會被察覺，才會裝作是惡作劇，藉由安排不可思議的現象來轉移真菜小姐的注意力。」

我又感到混亂了。事到如今，她到底在說什麼？

「可是，第二次不是無法使用ＩＨ爐……」

「所以就是字面上的意思。第一次使用的ＩＨ電磁爐，在第二次並沒有使用。」

我依然無法理解，但美星小姐似乎仍不打算直接說明真相。或許她有些抗拒這麼做。

「你還不懂嗎？孝敏先生去便利商店，買了以一餐而言分量過多的食物回來了喔。」

倘若說到這種地步我還沒有意會過來，想必會被兩名女性投以鄙視的冷淡目光吧。幸好並未如此。

「難道——工作房裡還有別人在？」

這個想法令我戰慄。

「第一次時，真菜小姐確認過工作房裡沒藏著別人。她或許因此完全排除了他人喝掉咖啡的可能性。但實際上，第二次時，孝敏先生的劈腿對象正躲在工作房裡的某處。就是那名女性喝了真菜小姐放置的咖啡，因為那個人知道孝敏先生的淘氣惡作劇——偽裝成是人偶喝了咖啡，才讓咖啡減少的事。」

「怎麼可能，這種想法有些矛盾吧。」

我張開雙臂抗議。

「孝敏先生前往便利商店後，真菜小姐走進了事務所。此時，劈腿對象就立刻躲了起來吧。事務所可以穿鞋進入，所以真菜小姐當下並未察覺劈腿對象的存在，也是情有可原。」

根據紀香所說，真菜走進事務所時曾出聲說「打擾了」。而劈腿對象就是聽見她的聲音，才能在被發現前躲起來吧。到這裡為止，一切都還相當合理。

「那麼，劈腿對象既然都刻意躲起來了，為什麼還要喝咖啡？為什麼都成功躲過真菜小姐的視線，還要刻意做出那種會引她起疑的舉動？以一個人在極短時間內所採取的行動而言，兩者明顯自相矛盾。」

「……不過，人類就是會採取矛盾行動的生物吧。」

紀香唐突地插話。她的聲音略帶感性。

「難道不是如此嗎？一面說愛著一名女性，並交換誓言，共同走上婚姻之路；另一方面卻又對其他女性傾訴一切，同時擁有兩段關係。如果這不是矛盾，什麼才是矛盾？」

我啞口無言。人類或許的確並非事事講求合理的生物。從疑似與有婦之夫搞外遇的紀香口中說出這番話，更令我有某種深不可測的感覺。

美星小姐冷靜下來，把話題接了下去。

「真菜小姐與孝敏先生的婚事，目前仍在順利地籌備當中吧。得知這點的劈腿對象，知道自己與孝敏先生之間不會有任何結果，或許已經提出會在對方結婚時就與他斷絕關係的想法也說不定。」

「劈腿對象或許是抱著即使如此也無妨的態度吧。」美星小姐表示。對於劈腿對象而言，要拆散孝敏與真菜兩人一定是極為容易的事。不過，就算她對孝敏要結婚的事表示理解，內心也未必願意接受。

「對於劈腿對象而言，她不至於打算讓孝敏先生與真菜小姐的婚事告吹。雖然如此，卻也不是沒有任何感覺。面對不久後的將來，就會與孝敏先生結為連理的真菜小姐，她會宛如強風突然刮起般，瞬間產生捉弄對方的念頭，也沒什麼好奇怪的。」

打一開始便藏身於房間一隅的她，應該偷看到了真菜的行動。或許也在內心嘲笑著真菜，想著「人偶哪有可能會喝咖啡？」也說不定。

然而，隨著時間經過，她的內心萌生扭曲的想法——既然妳那麼在意那杯咖啡，我就把它喝了，如此一來，就會在妳心中留下費解之謎，與「在妳不知道的時候，有我陪在孝敏身旁」這個互為表裡的謎題——

「我也認為這就是真相。」

紀香雙手捧著臉頰，如此嘟囔。

「該怎麼說呢？姑姑她……對於戀愛雖然謹慎，但只要是自己喜歡上了，就不懂得懷疑對方。不過，我一聽到人偶的事就覺得很可疑了。所以，我聽到第二次的事時，幾乎就要脫口而出：『房間裡根本還有別人在吧！』」

原來如此。如果先入為主地認為孝敏或許劈腿了，會得出美星小姐剛才所說的真相也不是不可能。

「不過……我不想接受。因為姑姑她好不容易才獲得幸福。我說不出『孝敏先生或許劈腿了』這種話……即使那就長遠來看，是為姑姑好。」

於是，我一瞬間明白了。

所以她才會突然提起這件事嗎？希望美星小姐導出截然不同的真相，希望對方說出自己的猜測僅是杞人憂天，而能一笑置之。

但遺憾的是，紀香的願望沒有實現。

「畢竟沒有證據，希望只是我推論錯誤。」

美星小姐的話，就像替枯萎的花澆水般徒勞。

「即使萬一跟我所猜測的一樣，只要兩人的婚事仍在籌備中，也有可能會像我剛才所說的，孝敏先生會與劈腿對象結束暫時性的關係。有人會以結婚為契機而洗心革面，變得老實，我想，像這樣的情況也是常有的。」

倘若論可能性，那也很有可能發生。不過，正因為我們都明白那是一廂情願的想法，所以紀香作為結論的這句話，也令我們感到心痛。

「儘管如此，倘若有一天，孝敏先生又做出背叛姑姑的事來——到時候我應該會由衷感到後悔，當初沒將這件事告訴姑姑吧。」

我腦海中浮現了真子的臉。她已經遭到了背叛。接下來只能祈禱背叛在他人的內心留下更深的創傷之前消弭。

以真菜的情況而言，目前還來得及，她尚未受到傷害。但真子已經深深受創了，而且傷害了她、造成背叛的當事人，就是現在在我眼前、為了姑姑遭背叛一事感到心痛的皆川紀香本人。

「——對了，叔叔。」

此時，美星小姐冷不防地出聲叫喚正坐在吧檯角落座位打盹的藻川先生。

「叔叔會將那個叫小蘭的人偶擺在店裡，也是出於同樣的目的嗎？」

……哦，她雖然面帶笑容，但聲音卻令人背脊發寒。

藻川先生睡得迷迷糊糊地問：

「同樣目的是指什麼事？」

「就是你為了不讓我察覺你帶女孩子到這間店裡，而擺了人偶做障眼法的事。」

藻川先生雖然糊里糊塗，卻還是謹慎地沒隨便回答。不過，在這種情況下，「沉默是金」這句話並不管用。

「給我處理掉！」

美星小姐指著人偶怒吼。

「妳、妳冷靜一點……我們的客人中有許多年輕女孩，就算我這麼做也沒有意義吧？」

藻川先生語無倫次地反駁，但美星小姐完全聽不進去。

「立刻處理掉，聽到沒？」

藻川先生嘆了口氣，緩緩站起身。

「我拿去車上放……小蘭很重，不用車無法搬運呀。」

藻川先生走出店門後，紀香將雙手手肘拄在吧檯上，然後將下顎擺在手掌上這麼說：

「雖然我不想認為姑姑太過粗心……不過結婚這種事果然不能操之過急吧。我看還是分手好了。」

「咦？」

我不由得表現出誇張的反應，紀香以可疑的眼神看向我。

「用不著那麼吃驚吧……」

「對、對不起。不過，分手是怎麼回事？」

「我現在在這裡有個交往對象。」是指真子的丈夫吧。「我的老家在北海道，那裡的朋友邀我去他的公司應徵，結果我錄取了。所以，如果我要回去上班，就得離開京都回老家去才行。」

「哎呀，恭喜妳。」美星小姐說。

「難得知道了這麼棒的咖啡館，真是遺憾——然後，老實說我並不打算談遠距離戀愛，也跟對方談過要不要乾脆結婚，維持現在的生活，或是分手回到老家上班。不過，我也知道他其實並沒有立刻結婚的打算。」

那當然了。因為紀香的男友就是真子的丈夫，是個有婦之夫啊。雖然我不知道紀香清不清楚這個事實。

「……青山先生，你怎麼了嗎？」

看來我似乎露出了呆愣的表情。美星小姐叫了我的名字，我才回過神來。

「沒事。那麼，紀香小姐，請問妳如果要離開京都，預計會是什麼時候？」

「你這種說法，簡直像是希望我早點離開啊。」

紀香苦笑，令我只能惶恐地致歉

「如果要就職，會從下半年的十月一日開始上班。現在是七月，所以頂多還能在京都待兩個月左右。發生了許多事啊。」

紀香感慨地說，而美星小姐也隨之附和，但她們倆的聲音卻從我的意識中逐漸遠去。沒想到安井金比羅宮的繪馬竟然如此靈驗。紀香似乎真的不打算再與真子的丈夫搞外遇了。

真子知道這件事嗎？如果不知道，我想告訴她。雖說並非一切都圓滿解決，但至少排除了眼前所擔心的問題，也會大為減輕她內心的負擔吧。至於今後該怎麼做，或是該如何接受無法改變的過去，只要冷靜下來後再好好考慮就行了。

我轉向窗外，原本的豪雨已經停了，微微的光線透入。重逢後總是不時露出悲傷側臉的真子，她那烏雲密布般的未來，也彷彿稍微看得見雲隙了——我有這種感覺。

****

【某封信・4】

然而，早在許久以前，我的內心某處就有種「自己將會迎接這種結局」的預感了。

我感覺到自己在不知不覺間，喜歡上貼近自己的故事，並將其作為指標一路走來。

既然如此，我也會無法違逆這條名為「命運」的大河，成為漂浮其上的船隻吧。

我的心意已決，並不感到後悔。我甚至認為，這麼做宛如委身於川流之中，是非常自然的結果。

不過，唯有一點。

我完全沒有料想到，自己竟會回想起你的眼神。

你曾經陪在我身旁，陪我一同憤怒吧？甚至還說過，由衷瞧不起那些做出違反倫常行為的人吧？

對於以純粹的眼神看著我的你，我只希望你能夠知道真相。我希望你相信我不是會做出那種事的人，希望你相信我不是那種明明有了未婚夫、卻還委身於其他男人的女人。

我們已經有很長一段時間沒有聯絡了。事到如今，就算寄這種信給你，對你而言也只會造成困擾吧。

即使如此，如果你還記得我的名字，請把我那可憎的名字寫在紙上，再輕輕嗅聞那氣味。如此一來，我相信你或許就能理解我試圖追尋的命運了。

永別了，請保重。

願你今後所編織的故事充滿幸福。

（寄件者未署名）

五

大長篇
邁向閉幕之地

1

在十月的那一天，看見真子的眼淚後，即使我週一前往河畔，也沒再見到她了。

如果我能找到塔列蘭伯爵所說的「理想咖啡」，或許就能替她打氣。我因為這麼想，便鼓起勇氣試著尋訪了咖啡店，但憑著我這個國中生的味覺判斷，所謂的咖啡依然只是普通的苦澀飲料。

不久，冬天來臨，年關將至。某個週一，我從學校放學回家的途中，雪花紛飛著。這種天氣她應該不會來吧？儘管這麼想，我還是無法不繞到河畔看看。

她在那裡。真子坐在幾乎枯光的草地上，連傘也不撐，她讓落雪飄散在身上的身影，看起來就像是刻意藉此傷害自己一般。

「真子小姐。」

我出聲叫喚，真子就像早已預知會這樣般，動作自然地轉向我。她的眼裡今天並未盈滿淚水，令我鬆了口氣。

——我在等你，我覺得你應該會來。

「妳最近明明都沒來，用不著偏偏在這種下雪的日子裡等我吧。」

——因為我有些事想告訴你。

「有事想告訴我？」

真子揚起下顎，將話語插進空中飛舞的雪花縫隙間一般開口：

——今天或許是我最後一次跟你見面了。

衝擊、寂寞以及一絲絕望盈滿胸口。即使如此，我並沒有立刻做出反應，而是調整呼吸。現在的我與真子邂逅時相比，或許已經成熟了許多。

「為什麼？」

——我決定去東京了。

也多虧有你在背後推了我一把喔。真子說。

——我決定獨自生活，也已經找好了工作，我要離開父母了。

我竭盡全力地隱藏對於再也無法見到她而產生的焦躁。

「是這樣啊。我雖然會覺得寂寞，但這樣是好事。畢竟這是真子小姐妳的人生啊。有個能夠平靜生活的環境，不再因父母的事留下不快回憶比較好。」

——嗯，謝謝你。

我們倆坐在那兒，沉默了好一陣子。儘管覺得必須說些什麼，卻什麼也說不出口，冬季的太陽就這樣逃跑似地西沉了。

在天色從傍晚即將轉至夜晚時，真子突然站起身，輕輕抖動身子。

——變冷了，差不多該走了。

「也是，我也該回去了。」

我站了起來，拍拍制服褲子的臀部處。

我成長了多少，年輕的真子也就應該改變了多少。她的臉上久違地浮現了之前見面時一定會展露的、半開玩笑的笑容，輕輕揮手。

——那麼，保重了。可別因為我不在就哭泣喔。

我連「誰會哭啊！」這種話，都因為鼻酸而無法順利擠出來。

真子轉身背對我離去。雪花在她的髮絲及肩上彈跳，接著掉落地面。

就這樣目送她離去真的好嗎？我的內心如此訴說。我並不打算阻止她離開。即使如此，我總覺得似乎忘了交給她什麼重要的東西。當她雙眼紅腫地靠在我的肩上時，我確實握在手中的果實，即使帶走也只能任其腐爛而已——我這麼想著。

「真子小姐！」

我竭盡全力朝她逐漸縮小的背影大喊出聲。

她停下腳步。回過頭來時那憂鬱的神情，是我至今所見過最為美麗的。

其實，我很想將內心深處的一切毫不保留地展現在她眼前。然而，我沒有任何經驗，不曉得該說些什麼、又該如何傳遞才好。我試圖將情感拉扯到身體外頭，卻像是在拿根釣竿垂釣著地球般動也不動。她只是靜靜地等著我開口，而我只得無可奈何地接著說出這樣的話：

「在下次見面之前，我一定會找到像塔列蘭的至理名言所形容的咖啡！」

她笑了，穿越黑暗這麼說：

——我很期待。

「所以，我們一定還要再見面喔！」

——是啊。如果還能再見面就好了。

接著，她這次真的離去了。她的身影消失在愈下愈大的雪裡，始終佇立在原地的我，內心深處那不曾見光的情感靜靜地散發出臭味。

與真子邂逅後，我理解了塔列蘭伯爵所提及的「戀愛的甘甜」。

然而，就在尋求與那味道相似的咖啡之時，我不知不覺地沉迷於咖啡本身，不再回想起真子的事了。

十幾歲的戀情就是這麼一回事。宛如颱風般突然襲來，來勢洶洶；當雨過天晴，人們就會在晴空下忘得一乾二淨。

最後，我終於找到了理想的咖啡，接著也與真子重逢了。

我們的確再度見了面。然而在那之前，已經過了十一年的歲月。

那並不是真子的錯，很明顯的，是我的錯。

再也不去回想起自己的初戀對象——因為正是六年前的我，如此立誓並將其封印在記憶深處的。

2

今天依然下著雨。

我在京阪電鐵宇治站入口的屋簷下心不在焉地站著，眺望下在車站正面圓環的雨勢。

八月上旬的某一天，真子突然把我找來宇治，她說希望我陪她一天。我是在昨天——週一晚上接到電話的。不得不說相當幸運，我今天沒有任何預定計畫。

目前的雨勢還算小，但這場雨是逐漸逼近京都的颱風所致，根據氣象預報，隨著時間經過，風雨將會愈來愈強。我雖然婉轉地表示用不著挑在這種日子見面，真子卻說無論如何都想跟我見一面，堅持不肯退讓。我在她的話中感受到某種非比尋常的決心，於是就在雨中來到了宇治。

種植在圓環中央的松樹枝葉隨風搖擺。風勢還不至於令人覺得有危險，不過應該會逐漸增強吧。即使如此，為何真子仍執意在今天跟我見面？我思索著這個問題。

皆川紀香曾明白表示，打算在離開京都時與交往對象分手。

估計下個月，她就會這麼做了吧。倘若如此，真子的丈夫就暫時不會再出軌了。這麼一來，真子總算能從親人外遇這個自孩提時代就折磨她的問題中解脫了。

當然，若問丈夫不再外遇後，真子是否真能獲得幸福？答案還是相當模糊。她應該不可能完全忘懷丈夫的過錯，而且也難保哪天不會再發生同樣的情形。不過，從繪馬的內容可以證實，至少真子並未考慮與丈夫離婚，而是希望丈夫不再出軌。因此，如今的結果正合她意，我應該坦率祝福她才對。

如果是這樣，我覺得她會在這個時候找我出來，與這個問題獲得解決一事應該不是毫無關係。真子或許已經透過某些方式得知紀香即將離開京都了。她今天之所以會找我出來，也許是為了向一直關心她的我報告——在真子抵達之前，我姑且先得出了以上的結論。

「抱歉，久等了。」

我聽見聲音，回過頭去。

真子身穿水藍色襯衫、黑色七分褲，看似職場便裝的裝扮。襯衫是短袖的，她已經不再隱藏手臂了。我們偶爾會聯繫，所以沒有久違的感覺，但說起來，我們其實已經超過一個月沒見面了。

我笑容滿面地說：「今天是週二，但妳沒有上班啊？」

「是啊。你讀完《源氏物語》了嗎？」

「對，昨晚好不容易讀完了。」

讀完《源氏物語》後，就帶我在有許多相關景點的宇治觀光。這是真子跟我在廬山寺立下的約定。我乖乖遵守了約定，昨晚讀得較晚，但總算讀完了最後一回〈夢浮橋〉。當時已經過了十二點，日期進入了今天。

「很乖很乖，做得很好。那我就按照約定，帶你在宇治觀光吧。」

「真是了不起的口吻，明明就是真子小姐妳找我出來的。」

「啊哈哈，說得也是。」

真子爽朗地笑道。她那種豁然開朗的表情，果然是已經知道皆川紀香要離開京都的事吧。我如此認為。

「我們走吧。因為在下雨，我想盡可能待在室內。」

她這麼說完便撐開傘邁出腳步，我跟在她身後。

「妳已經決定要去哪裡了嗎？」

「我們去源氏物語博物館吧，從這裡走過去用不著十分鐘。」

如她所言，我們從通過站前的縣道轉進小徑，在住宅區走了一會兒，很快就看見源氏物語博物館的建築物了。

這裡的正式名稱為「宇治市源氏物語博物館」，是在平成十年（西元一九九八年）開幕的國立博物館，如同其名，為了讓人深深吟味《源氏物語》，收集有各式各樣的展示品。

我們走在沿著建築物外緣鋪設、紅葉繁茂的小徑上，入口的玻璃門就映入了眼簾。我們將兩把傘並排插進傘架裡時，昔日的記憶便復甦了——我在不知不覺中被真子拯救的、國中一年級的記憶。

「真子小姐應該已經來過這裡許多次了吧？」

「嗯，不過無論來幾次都一樣開心喔。」

我們通過櫃檯，走進付費展覽區。

沿著指標前進，第一個出現的是「平安廳」。平安時代是《源氏物語》誕生，以及故事中所描繪的時代，因此這裡介紹了平安時代的王朝文化。在仿造寢殿樣式[1]的建築物裡，擺設著展現出當時貴族生活的人偶及家具，並會播放影片介紹。雖說是博物館，但不僅是讓人走馬看花，而是趨向親身感受形式的設施。據說一年四季都會更換展覽，就算一

1 日本平安時代平安京高階貴族的宅邸樣式。

再造訪，似乎也不會感到厭倦。

稱為「棧橋」的拱橋狀通道，扮演了連接平安京及宇治的角色。通過棧橋後，在眼前擴展開來的，是能夠享受〈宇治十帖〉世界觀的「宇治廳」。

在昏暗的房間內部以CG投影出《源氏物語》的景色，這景象實在充滿幻想色彩。藉由人偶及布景，重現在〈宇治十帖〉中登場的數個令人印象深刻的場景，比如薰於八之宮宅邸窺探中君等，邀請觀賞者進入故事裡。

欣賞完值得一看的展覽後，我們移動到影像展示廳，這裡可欣賞真人拍攝的〈宇治十帖〉短篇電影。據真子說，電影共有兩部，既可在一天內連續觀看，也可以作為再次造訪的動機。

我們欣賞了《橋姬》這部電影。要將故事濃縮在二十分鐘以內，不可否認地，劇情節奏顯得有些匆促，但因為我已經事先閱讀過原作，因此能盡情享受。播放結束，走出影像展示廳後，至今為止一直沉迷於展覽中的我，這才頭一次與真子聊起對〈宇治十帖〉的感想。

「再次回顧起來……這就像是一部濃縮了『無法稱心如意的人生』般，令人難受的故事啊。」

「我倒是認為那種急不可耐的焦躁、無可奈何的感覺，正是〈宇治十帖〉的魅力喔。」

薰雖然以光源氏之子的身分成長，卻始終懷疑自己的出身，抱持著「生父或許另有其人」的想法，因感到厭世而寄心佛法，最後並與在宇治過著勤奮修行佛道生活的源氏異母弟弟——八之宮往來交流。某天，薰造訪八之宮在宇治的宅邸時，碰巧窺見了八之宮的兩個女兒——大君及中君，並對姊姊大君一見傾心。

然而大君卻不領情，想將妹妹中君嫁給薰。薰於是心生一計，讓光源氏的孫子，也是他長年以來的至交好友匂宮與中君發生關係。然而大君依然拒絕薰的求愛，不久後便因病過世。薰因悲傷而消沉，開始對自己沒有體察大君的心意，而與中君結婚一事感到後悔。

薰前往二条院，拜訪被匂宮迎接至此的中君，對令他回想起亡姊昔日面容的中君傾訴愛意。中君苦於不知該如何應對時，聽聞薰表示打算在宇治宅邸中繪製大君的肖像畫或「人形」——大君的塑像——以修行，便告知薰自己有個容貌酷似大君的異母妹妹——浮舟。而後，薰於宇治窺見浮舟，深受吸引，不久便表達了求婚之意。

這時，浮舟原本的婚約正好告吹，她的母親中將之君擔心浮舟，便讓她寄宿在二条院的異母姊姊中君身邊。中將之君欽羨中君優雅的生活姿態，於是考慮將女兒嫁給身分高貴的薰。然而，浮舟待在二条院的期間，匂宮看見了她，並對她展開追求。浮舟搬到三条院後，於此初次與薰結合，之後，薰便將浮舟藏在宇治生活。

匂宮難以忘懷浮舟，得知薰將浮舟藏在宇治後，便假扮成薰造訪浮舟住處，強行與她發生關係。浮舟雖感驚愕，卻也逐漸受到個性與薰不同、熱情的匂宮吸引。浮舟雖然對薰感到內疚，卻又與心愛的匂宮共度了夢幻般的時光，最後卻因薰送來懷疑自己與匂宮關係的信件被逼上絕路，決定投宇治川自盡。浮舟的喪禮就在薰不知道浮舟失蹤的情況下舉行，而薰則對自己逼死浮舟一事悲嘆不已。

此時，在橫川一帶有位名為僧都的高僧。某次，僧都造訪母尼為了養病而寄住的宇治宅院時，發現了一名失去意識、年輕貌美的女性，便出手相救，將她帶回小野之里。這名女性正是浮舟。浮舟終於恢復意識之後，不願說出自己的過去，並向僧都表達出家之意，但僧都擔憂年輕女性的前途，僅授予她在家修行的戒律「五戒」。僧都的妹尼將浮舟視為自己過世的女兒，相當照顧她。

日後，浮舟受到妹尼的女婿中將追求，因而再次希冀遠離遭男性玩弄的宿命，而向僧都懇求，終於如願出家。僧都將拯救了一名身分不詳的女子並帶其出家一事，告知匂宮的母親明石中宮，中宮猜想，那名女子可能是浮舟，而將此事告訴了薰。薰驚愕之餘立刻前往橫川。

橫川的僧都與薰交談後，得知了浮舟的身世，並對於同意讓她出家一事感到後悔。薰讓浮舟的異母弟弟小君送信給浮舟。浮舟得知自己的身分終於曝光後，雖然有些動搖，仍未回信給薰。從小君那裡得知浮舟回應的態度冷淡，薰感到煩悶不已——全部長達五十四卷的大長篇，至此唐突地落幕。

「說得好聽一點，就是餘韻繞梁……說得難聽點就是半途而廢，結束方式令人感覺很掃興啊。」

我們移動到稱為「故事廳」的空間。這裡介紹的是作者紫式部的生平、她所見聞並寫進《源氏物語》中藤原一族的繁華等故事的背景資訊。

「如果還有後續，你認為會是怎樣的故事？」真子突然這麼問。

「後續……嗎？」

「我認為紫式部原本還打算撰寫〈宇治十帖〉的後續，然而卻在無可奈何的情況下無法繼續。所以，我自己也認真思考過，她原本究竟想繼續撰寫怎樣的故事呢？」

這真是相當有意思。我催促她繼續說下去。

「真子小姐，妳認為後續會是怎樣的故事？」

館內的參觀者並沒有多到必須擔心交談會干擾到他人。真子輕咳一聲，清清喉嚨後，開始說道：

「我認為……」

——浮舟拒絕回覆薰。然而，薰在得知一度以為被自己害死的心上人仍活著，想必說什麼都無法放棄浮舟，會用不同於以往的積極態度追求浮舟。而意志不堅的浮舟到頭來仍會同意與薰見面，再度發生關係。

之後，浮舟回過神來，會對自己犯下的過錯顫慄不已。自己明明是為了了結遭男人玩弄的人生而出家為尼，卻打破戒律，再度與男人同床共寢。於是她會再次確定，單單出家是不夠的，果然還是唯有一死，才能從痛苦中解放。

薰完全沒察覺浮舟內心的想法，認為已經成功挽回了夫妻之間的感情，打算接她回平安京。然而浮舟卻以「若是被以匂宮為首，京裡的人們知道自己還活著，將會引發騷動」為由，希望移居宇治。薰雖然感到一絲不安，卻仍相信浮舟已經重新振作，而讓浮舟再次搬回宇治宅邸。

然後——待薰回到平安京，浮舟便再度投身宇治川，這次真的死去了。

「……還真是非常悲慘的發展啊。」

我感到背脊發寒地說著感想。真子輕輕點頭，為自己虛構的故事做了以下的結語。

「浮舟真的死去後，匂宮總算理解自己的罪孽深重，薰也終於感到厭世而出家，故事就此真正落幕。」

「妳為什麼認為會是這樣的發展？有什麼根據嗎？」

針對我的疑問，真子淺淺一笑回答：

「因為，不可能就那樣結束啊。考慮到薰如此依戀不捨，怎麼可能會因為浮舟不回信就放棄她呢?而想像如果薰繼續追求下去，究竟會有何種結局等著他，我認為這樣的發展是相當理所當然的結果。」

接著，真子以宛如述說著自己摯友般的口吻，談論起浮舟的事。

「浮舟原本就是以大君的替代品身分在故事中登場的。就在薰表示想製作大君的人形時，中君聯想到了用於除穢的人形——將紙張等物剪成人的形狀後，在身上擦拭，以將汙穢移轉至紙上後，放進河流漂走——而將浮舟的事告訴薰。也就是說，浮舟雖然是因為自身出軌而被逼上絕路而選擇自盡，但即使她沒有出軌，到頭來，仍一開始就肩負著投河的宿命。」

雖然我對於薰與中君的交談僅有模糊的印象，但從未想過那一幕竟藏有這樣的意義。

「浮舟是個可悲的女性吧?不過，我實在無法認為犯下出軌這一過錯的浮舟，只靠出家就能繼續活下去。」

——不曉得爸爸的外遇對象，那個女人知不知道自己害得我們家分崩離析呢?

真子十一年前的悲憤，與她現在的話語重疊了。

曾經外遇的女人，不可能仍然逍遙自在地活著。從前父親的外遇，以及現在丈夫的出軌，都令她感到痛苦，她因此構築而成的人生觀，致使她導出剛才所說的〈宇治十帖〉的結局。

但現在的氣氛並不適合讓我輕率地講出自身感覺。我設法改變話題，以旁人看來相當可疑的舉止環顧著周遭。接著，我在某塊看板前停下腳步，那塊看板上繪製著許多看似符號的圖案。

「這是……源氏香？」

「這叫辨香，是成立在江戶時代的競技遊戲。」

我無需閱讀解說文字，真子就站在身旁說明了。

「首先，選取五種香木，分別準備五包，共計二十五包。接著從中隨意挑選五包，依序焚香，讓人嗅聞香味。聞香者要判定從第一包到第五包之間香木氣味的異同。共分成：全部相異；僅第一包與第二包相同；第一包、第二包與第三包相同，第四包與第五包氣味相同；全部相同——所有的排列組合共有五十二種，然後再以《源氏物語》共五十四回之中，扣除第一回〈桐壺〉及五十四回〈夢浮橋〉後，其餘的五十二回回名來命名。」

「比如說……」真子指著被稱為「源氏香圖」上的標記之一說道：

「這個『玉鬘』，就像是從右看起依序為英文字母小寫的m與n並排的圖案……這表示第一、第二及第三包的氣味相同，第四與第五包氣味相同的組合。」

「原來如此。也就是說五條直線中，從右算起依序是第一包、第二包……對吧。然後香味相同的香木上方則會以橫線相連。」

「正是如此！同理，這個『野分』正中央的直線左右分別有著看似n字母的圖樣，這表示第一與第二包相同，第四與第五包相同。」

「哦，仔細觀察就會發現出乎意料地單純好懂耶，我也稍微想挑戰看看了。」

「你的嗅覺敏銳嗎？也對，畢竟你平時都在聞咖啡的香味嘛。」

「不，我想這兩者之間應該沒什麼關係喔。」

尷尬的氣氛成功化解，我在悄悄鬆了口氣的情況下離開了故事廳。

不知不覺間，我們已經繞完付費展覽區一圈，又回到了櫃檯前。

3

我們走出源氏物語博物館時，驚訝地發現雨已經停了。

「應該只有現在吧。畢竟颱風依然在接近當中，這點並沒有改變。」

真子相當冷靜，但我則坦率地感到高興。

「機會難得，要不要趁現在到外面走走？」

「說得也是。我原本想說如果雨勢太大就找個地方喝茶，不過這麼看來似乎不要緊了。」

她所謂的「喝茶」想必不是單純的茶，畢竟這裡可是宇治。據說鎌倉時代，榮西上人自宋國帶回茶苗，並由明惠上人種植於栂尾，這茶苗也分至宇治培育，可說是日本茶葉栽培的發祥地。即使到了現代，走在宇治的路上，茶葉店依然隨處可見。

我們回到單邊有兩線道的縣道上，往西南方一望，可以看見一座橋。那座跨越超過一百公尺寬的河川的橋梁，正是也在《源氏物語》中登場的宇治橋。流經橋下的，正是浮舟下定決心自盡的宇治川。

「宇治橋與京都府乙訓郡大山崎町的『山崎橋』、滋賀縣大津市的『瀨田唐橋』並列為日本三大古橋，是國內最古老等級的橋梁。現在的橋梁是於一九九六年重新鋪設，為了配合歷史悠久的街道氣氛，而建成傳統形式的木製高欄。」

真子的解說如同宇治川的流水般毫無停滯。

在過橋途中，橋中央略偏西側一帶，有塊朝上游方向凸出的方形橋面。深度約跨出一大步的步伐，寬度則將近兩公尺左右吧。而沿著橋梁外沿建造的欄杆也跟著彎曲，沿著這塊地繞了一圈。

「這裡是『三之間』。」

真子摸著淋溼的欄杆，眺望上游的景色。

「三之間？」

「由於設置於從西端算起第三根柱子之間，才會如此命名。據說從前會在這裡祭祀橋之守護神『橋姬』喔。豐臣秀吉曾從三之間汲取河水泡茶的逸事也相當有名。直到現在，每年十月舉行宇治茶祭時，也會舉行從此處汲水的『名水汲取儀式』。」

經她這麼一說，我不由得眺向河面。我從欄杆上方探出身子窺探，但那漆黑洶湧的川流卻令人難以想像是「名水」，我不禁感到毛骨悚然。

「這……看起來實在不像可以汲取的河水啊。」

「水位似乎漲了不少，是不是因為上游處一直在下雨呢？」

在《源氏物語》中，浮舟試圖跳河自盡時遭妖怪附身，最後是以未遂告終。然而，在源氏物語博物館欣賞的電影裡，則實際拍攝了浮舟浸在河水中的一幕。

我並不清楚宇治川平時的模樣。然而，若是跳進如今在腳下發出轟隆巨響的河中，浮舟想必就不會獲救了吧——我有這種感覺。

剛過了橋之處，設置了紫式部的石像。設立年份為二〇〇三年，相較之下似乎比較新，一旁的說明牌也很新，上頭記載了紫式部神祕的一生。

我跟在真子身後，從橋旁走到河畔。水面近在眼前，但並未令人感覺危險。河畔經過簡易整修，變得像步道一般。右手邊的石牆草木茂盛，上方則有一整排的旅館或餐館。

「要不要稍微坐著聊聊？」

真子突然這麼說，我吃了一驚。

「妳說坐著，但這一帶似乎沒有長椅啊。」

「有什麼關係，就到那附近的草地上坐坐吧。像從前一樣。」

「可是，剛才下過雨，地面是溼的……」

「沒關係，沒關係，只是屁股會稍微溼掉而已。」

她說得如此斬釘截鐵，讓我不由得心想「是這樣嗎？」重點是，我感覺到了真子想在這裡說些什麼的意圖。

雖然坐在哪裡結果都一樣，我還是找了至少看起來不那麼溼的地方坐下。我穿的是牛仔褲，不至於完全溼透。而真子雖然笑著說好冰，但因為她穿著黑色褲子，溼掉的部分應該也不至於太明顯。

無論是石牆上方的旅館，或是費工夫搭建的宇治橋，宇治川的風景都相當具有特色，不愧是觀光名勝。與我故鄉那不值一提的河川截然不同。即使如此，在河畔與真子並肩而坐，仍令我湧起一股懷念之情。

「至今為止讓你擔心了，真抱歉。」

真子突然直搗核心地這麼輕語。

「不會，別這麼說……」

我猶豫著不知道該不該告訴她皆川紀香即將離開京都的事。但若是說了這件事，就一定會提到我在安井金比羅宮窺見真子的繪馬一事。我實在無法坦言自己做出如此低級的舉動。

然而，我的躊躇也因真子接下來的話語而變得毫無意義。

「不過，已經不要緊了。」

「咦？」

她的側面看起來依然是一臉豁然開朗。

「外遇的事，該說是告一段落了嗎？總之，已經沒問題了。」

「……是這樣啊。」

我暗暗感到無力。如同我一開始所想的，用不著我告訴她，她似乎就已經知道自己丈夫的外遇即將結束。

我原本差點說出「真是太好了」，卻還是作罷。對於一直以來因丈夫外遇所苦的當事人而言，苦難終結無疑是好事。但是，周遭的人若說出了「太好了」這種話時，就一定蘊含有「至少他不再外遇，真是太好了」的意涵。因此還是不要隨便說出口比較好。

風勢稍微增強。真子用左手壓住隨風飄動的髮絲。我看著她無名指上的戒指，試著問道：

「妳丈夫是怎樣的人呢？」

真子宛如嘆息般微笑。

「我們是在這裡邂逅的喔。」

「是這樣啊。」

所以真子才會想在這裡聊天嗎？

「他是個既溫柔又帥氣的人，也很有力氣。我是在剛到京都不久後認識他的，至今也交往了將近六年了。」

「當時很幸福喔。」真子說。「雖然後來發生了許多事。」她如此自嘲。

我之前也曾思考過，外遇就算結束，也並非一切都圓滿解決。丈夫曾出軌的事實無法消除，而真子本身也只能將對這件事的想法藏於應藏之處。

不過，總之真子期望著出軌一事能夠結束。她曾在沒有想特意讓人看見的繪馬上，在無需隱瞞真心話的地方，寄託了「希望MINORI不要再外遇了」的悲痛願望。既然如此，我至少也該在心中祝福她的未來。

在我眼裡，十一年前為了自己的幸福邁出第一步的真子與現在的她重疊了。所以，即使我聽見了下一句話，也並未感到吃驚。

「所以，我想今天是我最後一次與你見面了。」

當然，我們倆並沒有外遇。不過，真子試圖藉由與我見面，排解因丈夫背叛造成的寂寞與悲傷等負面情感，這是事實。換言之，對真子而言，她會與我單獨見面，與丈夫外遇並非毫無關係。所以真子才打算將相關行為的一切做個了結吧。

「我很高興。能夠奇蹟似的……真的是只能用奇蹟形容的方式與真子小姐重逢。」

「嗯，我也很高興。」

「既然知道了真子小姐像這樣活得很好，我現在也只希望妳能夠過得幸福。所以如果是為了這樣，我願意接受離別。」

「你無論到了幾歲，都還是一樣囂張啊。」真子看似愉快地笑了。「不過，謝謝你。」

她已經不會再靠在我的肩上了。從前的她需要能夠支持自己的事物，搞不好到不久前為止依然如此。不過，如今已經不再需要了。

「既然如此……我就在這裡道別吧。」

我站起身。不過真子並沒有站起來。

「說得也是。他很快就會過來這裡。」

她指的是她的丈夫吧。若是被對方看見我在這裡，產生不必要的誤會就糟了。我仰望天空，肉眼幾乎看不見的細小雨滴又開始飄了下來。

「那麼，我走了。再見。」

她並未轉頭看我。

「再見。雖然我想我們不會再見面了，但你要保重喔。」

簡直就像故事一般的離別。這或許也是真子所期望的吧。

我沿著來時路折返，走向京阪電鐵的車站。我從宇治橋上看見她坐在河畔的身影，就如從前一般。

我們不會再見面了。雖然真子這麼說，但我總認為只要活著就還有機會再見。畢竟我們都在歷經十一年的歲月後重逢了。我當時原以為永遠不會再見了，卻又在這遙遠的城市重逢。

所以，即使落寞，我卻不會感到悲傷。

唯一一點令我感到遺憾的，就是我沒能達成十一年前跟她之間的約定——讓真子品嘗塔列蘭的咖啡。

4

我搭乘電車回到京都市區後，便步行前往塔列蘭。

因為我也想將自己和從痛苦中解放的真子決定不再見面的事，向美星小姐報告。畢竟各方面都讓她擔心，或給她添麻煩了——老實說，也有部分原因是我不想孤單一人。

我抵達塔列蘭時，開始下起了比雨停之前更劇烈的大雨。雨點從側面打來，傘幾乎完全派不上用場，我渾身溼透地打開店門。或許是天候的緣故，店裡沒有半個客人。

我一在吧檯座位坐下，就冷不防地單刀直入。

「真子小姐碰到的外遇問題似乎解決了，已經不要緊了。」

「那真是太好了。」

美星小姐邊磨著咖啡豆邊回答，我完全感受不到她的情緒有絲毫起伏。她或許是認為會在這種天氣裡特地到店裡來，原本就有什麼事要說吧。

「然後，她對我說今天是最後一次跟我見面了。應該是想要做個了結吧。」

「是這樣啊……就算不決定離別也無妨啊。」

「的確。不過，我認為這決定很有她的風格。」

我低下頭，把額頭抵在吧檯上。

「美星小姐，也讓妳擔心了。」

「別這麼說，我並沒有特別……」

美星小姐略微不知所措地搖頭。她那刻意虛張聲勢的態度，讓我不由得開起玩笑：

「妳不擔心我跟她之間的關係嗎？」

「……真是的，我不管了。」

美星小姐別過頭去。我一邊搔搔頭，兀自心想：如果她稍微動怒，我反而會比較輕鬆。

不久後，剛沖好的咖啡送了上來。雖然是八月，但因為我渾身溼透了，所以送來的是熱咖啡。無論喝過多少次，咖啡依然美味，我果然還是很想讓真子品嘗看看啊——後悔的念頭湧上心頭。

——不對，搞不好……

與其由我替她找到，讓她自行尋找理想的咖啡，或許會比較好。

「真希望真子小姐能過得幸福。」

這句話聽起來或許有些依戀不捨。不過，美星小姐已經不再生氣了。

「是啊，畢竟她歷經了痛苦的回憶……」

「只能祈禱她的丈夫能洗心革面了。」

我因將杯子湊到嘴邊，視野一瞬間被遮蔽。而在那前後發生的事，簡直就像魔術一般。

「……丈夫？」

美星小姐原本帶著平靜微笑的表情，剎那間變得僵硬。

「是啊。她今天也說丈夫會在她跟我道別後來接她。」

「地點是在哪裡呢?」

「宇治川邊,從宇治橋旁走下去的地方……」

我一邊說著,同時有種不對勁的感覺。那類似既視感,彷彿曾在哪裡說過類似的話,然而一時之間想不起來。我為了拂去這種奇怪的感覺而浮現淺笑。

「或許是因為如果讓她丈夫看見我們倆在一起,好不容易即將恢復的關係又會變糟。所以她才會決定不跟我見面。」

「是真子小姐這麼說的嗎?」

不知道為什麼,她的語氣變得像在質問一般。

「不……仔細想想,她只有說出『今天是最後一次』而已。」

「除此之外,她還有沒有說出什麼令你在意的話?」

經她這麼一問,我重新回想今天與真子間的對話——啊,然後我終於察覺到剛才所感受到既視感的真面目。

「雖然不是在河畔說的話……但我們曾討論過《源氏物語》的結局。簡單的說,就是討論那個故事或許還有後續。」

我將真子所想的《源氏物語》結局轉述給美星小姐聽。隨著我追溯記憶重現內容的過程，那宛如放了許久的牛奶凝結成塊般的討厭預感也逐漸成形。

「浮舟再度投身宇治川，這次真的死去了——沒錯，她講的是宇治川。」

為什麼沒有察覺到呢？我詛咒著自己。另一方面，我這討厭預感不過是出於直覺，並沒有任何根據。倒不如說，考慮到現實狀況，照理來說不會演變成那樣。

然而，美星小姐在開口說話之前，她的臉色就已經完全粉碎了我的樂觀猜測。

「那段話，恐怕是真子小姐在暗示自己的結局。」

無需詢問她究竟是什麼意思。美星小姐已經放棄說些模糊不明的話語了。

「真子小姐或許已經決定在今天投宇治川自盡。」

我只能為之語塞。

原來如此。所以才非今天不可。因為颱風接近，水位升高了。我確實親眼目睹了那洶湧翻騰的河水。如果掉進那樣的河水裡，一定馬上會被吞沒吧——會確實死去。

此外，同時也說明了她為什麼會在理應要上班的週二約我出來見面。無論是請假或是辭職，對接下來打算投河自盡的人來說，都只是微不足道的問題。

「但是我不懂。外遇的問題應該解決了……紀香小姐明明要離開京都了，為什麼真子小姐事到如今還打算自盡？」

即使感情上支持美星小姐的想法，但理性思考的大腦部分，仍讓我提出了疑問。

然而美星小姐卻悲傷地回應：

「青山先生，你似乎嚴重誤會了。總之，現在不是在這裡悠哉聊天的時候——叔叔，把車開出來！電車或許已經停駛了。」

「好！」藻川先生以不符合年紀的敏捷動作走出店裡。僅過了一、兩分鐘，就將他的愛車紅色LEXUS開到塔列蘭門口——以屋簷形成的隧道——前方了。

我跟美星小姐飛快坐進後座。我第一次搭乘這輛車是在一年前的九月，當時也是十分慘烈的危急狀態。雖然對車主不好意思，但老實說，我對這輛車實在沒什麼美好印象。

車子朝宇治橋飛馳。不幸中的大幸是車流量很少，或許是天候不佳的關係吧。風雨愈來愈有颱風來襲的味道。

「可以確定的是，真子小姐將自身命運與《源氏物語》的浮舟重疊了。」

美星小姐凝視著前方座位的椅背，什麼都沒有的地方。看起來就像是要藉此隔絕多餘的資訊。

「不過……將浮舟逼上絕路的，應該說是自身的出軌，或者應該說是腳踏兩條船吧。」

「真子小姐過去或許曾有過類似的經驗吧。青山先生，你心裡有沒有底？比如說從她那裡聽說過什麼。」

那是非常、非常悲傷的事。

我心裡有底。那是六年前收到，我絕對無法忘懷，卻盡量避免想起的一封信。

因為，當時的我無可奈何。

即使想幫助她，想為她做些什麼，卻什麼也做不到。

於是我別無他法，只能視若無睹。明明還記得，卻當作已經忘記。

正因如此，能與真子重逢，對我而言就如同奇蹟。

「美星小姐。我想我必須請妳協助解釋許多事。她為什麼理應解決了問題，卻決定自盡，這一點我至今仍毫無頭緒。」

雨刷瘋狂地掃落雨滴，令我心亂如麻。

「儘管如此，妳指出她有可能投河自盡時，老實說，我認為如果是她，的確可能這麼做。若要說明原因，就必須將時間倒回，從頭說明我們之間的關係才行。」

「請告訴我。」美星小姐這麼說。「畢竟到宇治還需要一段時間。」這明明是令人絕望的事，她的說法卻像是期待一般。

「我曾說過，我們是睽違了十一年才重逢的，這一點是事實。我在國中一年級與她認識並分開，後來，直到今年，我一次也沒有與真子小姐見過面。」

「不過……」我接著說出口的聲音顫抖著。

「其實在那段期間，我們並非完全沒有聯絡。大約在六年前，我曾經一度收到她寄的信。那是一封沒有寄件者姓名、地址的信，我完全無法回覆。」

不過，我讀完信後，立刻知道那是真子寄來的。因為我們曾在河畔聊過的話語片段，處處點綴在那充滿深深悲傷的字句上。

我很害怕與重逢的真子提起那封信的事。因為擔心這舉動會在她的傷口上撒鹽，因此直到今天道別為止，我都以完全沒看過信般的態度與她相處。這難道是錯誤的嗎？我究竟該怎麼做才好？

信中具體地寫出她的遭遇，描繪出她的痛苦與絕望，最後並以模糊的話語向我道別。然而，配合開頭的第一句話，讓我有以下的解釋。我只能這麼認為。

「在那封信中，真子隱約透露出了尋死的念頭——今天並不是頭一次，她以前也曾深陷那樣的想法中。」

強風拍打著車門，彷彿應和著我胸膛中狂跳的心臟。

拜託，請務必讓我趕上！我祈禱著。

從前收到那封信時，我打算對她見死不救——但這一次，我非救她不可。

六

漂浮於暴風雨夜晚的輕舟

1

那是我高三那年，秋意已深之時的事。

我直到最後一刻都在煩惱畢業後的出路。就結果而言，我優先選擇自己想做的事，進了專門學校。但對於我的志願，家人都沒給我什麼好臉色看，周遭也有其他直接就業的學生或進入大學就讀的學生，因此那個時期，我正處在思考著未來漫長的人生，過著些許不安的每一天。

那一天，我放學回家後，看見桌上擺了一封信。應該是家人從郵筒裡取出，放在顯眼位置的。收件者是我，但沒有寄件者的姓名及地址。

一直以來，我都過著與信件無緣的生活。無視於家人嘲諷地詢問「是情書嗎？」我躲進房裡拆了信，閱讀取出的信紙。

當時的衝擊，應該不需要我再次形容了吧。

很薄情的是，我當時完全不願去回憶起真子。明明把她當作是我的初戀對象，在那段多愁善感的時期中，也與她度過了諸多印象深刻的時光，但我的回憶宛如河川緩緩流逝般，朝遙遠的時光彼端遠去不復返——初戀依然是戀情，但只要談了新的戀愛，過去的事在回憶中所占的比例也會減少。

即使如此，我讀了信之後，首先就回想起了真子。會寄這種信來的人，除了她以外不作第二人想。曾經有一次，她替我撐傘送我到家門口，所以她應該知道我家的地址。

各式各樣的回憶在腦海中奔騰。我甚至考慮過要不要帶著這封信衝往警局。不過，信中並未具體說明她打算採取的行動，我不認為警察會理睬我。早在五年前，我就已經失去了她的音訊，完全不知道該從何找起。

雖然已經記不清楚了，但我當時似乎煩惱了好幾個小時。

我顫抖著雙手將信紙收回信封中。

然後——當作沒有看見。

我一點都沒有想把當時的行動正當化的意思。但是，我又該怎麼做呢？

我或許能前往她在鎮上的前工作地點，詢問她搬去了哪裡；又或者還有另一條路是去尋找可能仍住在鎮上的她的雙親。不過，就算那麼做又如何？

——你讀到這封信時，我應該已經不在這世上了。

以這句話為開頭的信件，我該從何找出希望？

有一個詞語叫作「薛丁格的貓」，這是量子力學的用語，指的是「被關在盒子裡的貓，在打開盒子之前不知道是生是死，其實是處於生與死兩種狀態的疊加狀態」。

我沒有打開盒子的勇氣。我認為只要不確定她的死亡，在我心目中她就依然活著。反正不會再見面，這樣不就好了嗎？

當時正是我煩惱出路的時期，除此之外還有許多非思考不可的事。當然，我不認為那比人命尊貴。然而人類是有極限的，而高中生的極限或許比大人所想像得還要小上許多。

對於她充滿悲哀的人生，我無法承受並加以拯救，亦無法為她弔唁。所以，我決定當作沒看見。無論是信件、邂逅的人、在河畔交談的內容，抑或戀情。我試圖忘記一切，明明記得也當作忘了。

然後，她這個人就從我的人生當中消失。

徒留「尋找理想的咖啡」這個已失去對象的約定。

2

「……信中所寫的內容，與浮舟經歷的命運很相似呢。」

在相互交換完該說的情報後，美星小姐這麼說，緊咬嘴唇。

僅是相似，嚴格來說並不相同。不過，同樣都是已經有了締結婚約的對象，卻因中了其他男子的策略而任對方占有，單憑這一點類似之處，就足以作為真子將自己與浮舟重疊的原因之一了。

車子逐漸接近宇治，但我仍無法消化美星小姐所說的內容。因為她指出我嚴重誤會，並公布的內容，實在太令人難以置信了。

「真子小姐曾說過她喜歡的電影——」

美星小姐突然低語，而我再次列出名稱。

「是《理髮師的情人》《蘇菲亞的選擇》及《百萬大飯店》吧。」

「青山先生，你都看過了吧？所以才能講得如此流暢。」

「對。聽真子小姐說完後，我立刻去錄影帶出租店租來看了。雖然每部作品對國中生而言都是有些艱澀難懂。」

「既然你看過了，應該已經察覺三部作品的共通點了。除了這是以戀愛為主題的故事之外，另一個重大的共通點。」

我點頭。

「就是自殺吧。每一部作品中，主角的戀愛均是以當事人自殺劃上休止符。」

對國中生的我而言，這部分並未帶給我什麼深刻的意義；收到信的高中生的我，則是努力避免回想起各種事；而現在，對於與真子重逢後的我來說，電影的話題不過是回憶。

「〈宇治十帖〉亦然，或許真子小姐從年輕時起，在鑑賞故事時就容易對登場人物自盡的決心感到欽佩感動。雖然無法得知是因為真子小姐曾有一瞬間考慮過自盡……抑或是隨著對這類故事的偏好，而將自己導向自盡的想法就是了。」

首先，我想到了真子曾因家庭不和樂而哭泣的事。當時，她或許曾有一瞬間產生尋死的念頭——然而，人心並不是這麼單純。竟然試圖以自己僅知的一小部分來推測她最重要且深刻的部分，我對此感到羞赧。

「真子小姐寫了那封信之後，真的跳河自盡了嗎？」

美星小姐會這麼問也很理所當然。即使如此，我仍無法壓抑內心悲慘的想像。

「我不知道她是否實行了，或是以未遂告終。然而，就結果而言，真子小姐獲救了。但這反而更使她將自身與浮舟的命運重疊也說不定。」

這時，一個令人不快的想法浮現在我腦中——六年前，真子真的想尋死嗎？試圖在現實中創作故事的她，有沒有可能為了讓自己更接近浮舟的命運，而假裝投河自盡呢？畢竟人命關天。無論她究竟是不是認真的，外人都不該妄加斷言，所以我並沒有說出口。但我不認為美星小姐從未考慮過這個可能性。

「無論如何，藉由沒能成功尋死，使得真子小姐繼續活在接下來的故事中——然後，與青山先生重逢。」

「跟我？」那又怎麼了？

「在〈宇治十帖〉中，不是有個橫川的僧都救了浮舟嗎？他在〈宇治十帖〉中，被描寫成一個慈悲為懷的人物。作者雖然不時會抨擊這個人多嘴的性情，但至少從世人的角度看來，他是個德高望重的人物。」

橫川的僧都在宇治之院發現浮舟時，弟子們雖然懷疑浮舟是不是妖怪而反對救援，但僧都力排眾議，獨斷地決定拯救浮舟。此外，還同情懇求出家的浮舟，儘管理解年輕女子捨棄俗世所代表的意義，仍聽從了她的願望。姑且不論他各個言行的是非對錯，他被描寫成一個溫柔之人，這點是毋庸置疑的。

「回過頭來看，這個人物就是青山先生。你對真子小姐而言，想必是個非常溫柔的人吧。在偶然與你重逢時，真子如果是這麼想的呢——演員全都到齊了。」

我起了雞皮疙瘩。換言之，我也被她當成故事中的一名角色了？

「這麼一想，就能夠解釋六月時，她為什麼會在你面前假裝受到家暴了。」

「咦？當時得出的結論不是為了吸引我的同情嗎？」

「真子小姐謊稱自己受到男性施暴時，青山先生同意讓她到家裡避難吧？這個布局正好與僧都救了浮舟，將她帶回小野一樣。這或許才是她真正的目的。」

「她是為了這麼做，才設計出猿辻的惡作劇？」

我認為這真是天大的蠢事，然而卻無法否認。

假如真子並不是讓我自己察覺，而是主動講出受到家暴一事，事情會如何發展？接著她如果說出「所以請讓我到你家避難」這種話來，就算是我，多少也一定會有所提防吧。儘管我沒想到她是為了讓自己更貼近浮舟的宿命，至少也會懷疑她的行為背後，是不是為了偷竊等不良目的？

然而，當時真子只是表現得「想隱藏自己受到家暴」，並為了讓我們注意到這一點而加以誘導。所以，對於提供自家作為避難處這點，我不會感到有什麼不對勁。假如猿辻那件事是為此而設計——這比單純為了惹人同情，還更能令人接受。

「至於她會讓青山先生前往Eagle Coffee的意圖也可以說是相同的。在《源氏物語》的最後一回〈夢浮橋〉中，有著薰與橫川僧都面對面的場景。真子小姐或許是想讓你與外遇對象見面也說不定。」

「真子小姐連這種事都設想了嗎？」

我著實感到難以置信。然而，推究起來，真子讓我前往Eagle Coffee的原因，至今仍尚不明確。假如是為了模仿〈宇治十帖〉，這的確可以說得通。

「真子已經被單純的偶然支配了心靈。」

美星小姐的話語很沉重。

「由於發現過多與〈宇治十帖〉中登場人物或故事內容一致之處，使得她認定這是命運，最後甚至放棄了仰賴偶然。為了與〈宇治十帖〉相符，她親手扭曲了人生。」

「那麼，真子小姐會下定決心自盡——」

我連忙噤口。若是說了出來，彷彿連我的內心都會被那冰冷的急流吸引過去。

——真子小姐會下定決心自盡，扣下那扳機的，是與我的重逢嗎？

美星小姐會說出「可以那樣解釋」的話來說明這件事本身是極為異常的情況。平時她應該會顧慮我的心情而不說出口，這就表示事態是如此緊迫。

拜託讓我趕上。希望是我杞人憂天。我彎下腰，抱住自己的腦袋。

真子的人生如今正好處於她自己所編造的〈宇治十帖〉後續的結尾之處。必須阻止她才行。這一次，我非得救她不可。

我在車裡打了好幾次電話，但真子沒接。在劇烈程度一秒秒增強的暴風雨中，藻川先生駕駛的車輛死命狂奔。

最後，宇治川終於映入眼簾。白天時就已經相當恐怖，如今水流的湍急更與當時完全無法比擬，水量也相當高。河川宛如因憤怒而發狂一般，我心想。那是死亡的深淵。

該從何找起？我思考著。畢竟我不可能知道她會從哪裡跳河。只能請藻川先生開向宇治橋。

就結論而言，我的判斷是正確的。

車子開上宇治橋時，我就發現有個人影坐在三之間的欄杆上。

是真子。

「找到了！請停車！」

在我大喊時，車子已經開始減速。我沒等車子完全停止，就打開車門滾了出去。

「真子小姐！」

我衝進下個不停的雨幕中。真子面向車道，坐在木製欄杆上兩腳懸空，並將雙手撐在左右，勉強支撐著身體。她那渾身溼透的身體，不時被強風吹得搖晃著。

「——又見面啦，我還以為這輩子不會再見面了呢。」

她微笑著。那是宛如空殼一般的笑容。

一站到三之間的正面，就能看見後方宇治川的湍流，要是掉下去，一定會馬上沒命吧。宛如用吸塵器吸白蟻一般，輕易地將人命吞沒。

「過來……過來這裡。」

我伸出手，謹慎地慢慢靠近。真子改變原本兩隻腳踝交叉的姿勢，伸直雙腿。

「別過來。我打算等他出現，就從這裡跳下去。拜託你別阻撓我。」

我搖頭。唯有這個願望，我絕對不聽從。即使如此，若是勉強靠近，她或許會突然跳下去也說不定，我只能停下腳步。

「對不起，我一直以來都誤會了。我完全沒有察覺妳真正的痛苦之處。就連外遇的事，我也自以為已經圓滿解決了。」

「你終於知道了啊。」

「有人告訴了我，我明明應該更早就要靠自己察覺才對。」

「這也是沒辦法的，是我刻意不解開你的誤會啊。你沒有任何錯。」

風聲、雨聲及河川的聲音相當吵雜，令我想拉扯自己的耳朵。真子的聲音，我必須一字一句仔細聽清楚才行。

「就算沒有錯也是一樣。因為如果我現在不阻止妳，我一定會自責一輩子——欸，真子小姐，如果是妳，應該能明白吧？畢竟妳也是一邊自責一邊活到今天的。如果妳能夠理解，請別尋死，請到我這裡來。」

然而，真子並未改變姿勢。她發青的嘴脣動著。

「既然你已經知道真相，那應該瞧不起我才對。就像那時候一樣。」

「我已經不再只是無知單純的國中生了！」

若是不吶喊，就無法傳達給她。我將美星小姐所告訴我的事——完全改變了我在睽違十一年後，與真子重逢那天起所看見的悲傷真相說出口。

「我不會瞧不起妳！即使真子小姐其實沒有結婚——就算妳本身才是外遇的第三者也

一樣！」

3

「……我不清楚。」

真子低下頭，就像在夢囈般低語。

「自己究竟是害怕讓你得知我介入他人家庭呢？還是希望讓你知情呢？我至今仍完全搞不清楚。」

「那只是我擅自誤會了，並不是妳騙了我。」

無論是重逢那天，我詢問她是不是已經實現「成為很棒的新娘子」的願望時，她什麼也沒有回答；也從未使用「丈夫」或「先生」這樣的稱呼，而是用「他」來代稱對方；或是「除了我以外還有其他女人」這樣的表現方式——當我試著回想，關於實質上的關係，我找不到真子積極欺騙我的瞬間。唯一的例外就是家暴的事，但那也並非是為了欺騙我，而是為了讓現實更貼近〈宇治十帖〉而撒的謊，這一點在剛才與美星小姐交談時已經明朗。而且，就連那時候，真子也並未主動說出意指「家庭裡」或「夫妻之間」暴力的「家暴」一詞。

「不過，我沒有更正喔。」

真子連這時候都在自責。

「如果想隱瞞，我只要說謊；若是想讓你知道，我只要更正就行了。但我兩者都沒做。既不想被你瞧不起，另一方面卻又希望你責備我。因為我知道是自己不好。」

——不可原諒，實在不可原諒。

——無論是令真子小姐產生這種心情的令尊或是他的外遇對象。

——我由衷地瞧不起他們，甚至想立刻衝去責備他們。

——呵呵，你願意陪我一起生氣啊。

在故鄉河畔交談的內容，跨越了十一年的時光，影響了現在的我們。

「……從看見妳無名指上的戒指那瞬間起，我就已經開始誤會了。」

真子雖說等著交往對象過來，但不曉得她何時會改變主意。我只能為了持續吸引她的注意力而開始說起藉口。

「不過，交往對象希望對方無論如何都要把戒指戴在左手無名指上這種事，也是有可能的。只不過，後來妳讓我看了名片，才會讓我的誤會變得根深蒂固。」

名片上的姓名變成了神崎真子，以前叫作小島真子。她改變了姓氏。

真子說出了原因。

「因為我的父母離婚了。我離開老家前往東京是最大的契機。雖然事到如今也沒有改姓的必要，但我討厭自己仍跟著父親姓，於是改從了母親的舊姓。」

雙親雖然頻繁爭吵，卻沒有離婚，這讓真子大受傷害。而他們爭執的原因似乎大多是父親的不忠。真子對於父親抱持著厭惡的情感是理所當然的。

「我前往東京，訂了婚，也前往香港婚前旅行。當時非常幸福——如果沒有那一晚的過錯。」

她指的就是信裡所寫的事。我握緊拳頭。

「什麼過錯……真子小姐是受害人啊。」

「沒錯。不過沒有人會這麼想。還有好幾個人對我這麼說：『當妳喝得酩酊大醉，讓外人進入屋裡那個時間點起，就已經疏忽大意了。』」

真是太愚蠢了。有錯的當然是利用他人的好意，企圖以殘忍方式滿足自己獸欲的男人啊。

我的嘴唇因憤怒而顫抖。看著這樣的我，真子看似懷念地吐了一口氣。

「我想如果是你，一定會為此發怒吧。所以我才會寫那封信。」

「對不起。我雖然收到那麼重要的信，卻什麼也做不了。」

「是我寫得讓你什麼也做不了的。你沒有必要道歉。」

雨滴打在臉頰上，甚至令人感到疼痛。後方沒有車輛經過，就連應該站在我身後的美星小姐以及藻川先生，都彷彿不知道消失到哪裡去了。我賭上真子的性命，繼續拚命和她交談。

「開頭的那句話，讓我了解真子小姐試圖尋死。不過，對於最後那段意味深長的話語，我至今仍無法理解——直到剛才，我才終於了解了。了解如此玩弄真子小姐人生的、命運的惡作劇。」

真子的雙眸筆直看著我。

「我最無法理解的是這一段話。」

——如果你還記得我的名字，請把我那可憎的名字寫在紙上，再輕輕嗅聞那氣味。

「巧合的是，妳今天也跟我說明了解讀這句話的關鍵——就是源氏香。」

依序嗅聞五包香木，猜測每一包香木間異同的競賽，並將所有的排列組合方式以《源氏物語》的帖名命名。

「妳的名字『小島真子』發音是五個字[1]，正好可以適用於源氏香上。套進去後會發現第一個字與第五個字、第三個字與第四個字分別相同。而表現這個組合的《源氏物語》

1「小島真子」日文發音為「こじままこ（Ko Ji Ma Ma Ko）」。

章回名為——」

第一條直線與第五條直線上端連在一起，彷彿覆蓋住整體。接著第三條與第四條直線上方又以短橫線相連。以這樣的源氏香圖表現的卷名為……

「第五十一回，〈浮舟〉。」

一切都源自於此。這正是真子將自己與浮舟的宿命重疊的開端。

「……這也是我改名的原因之一。」

真子將手放在胸口上。撰寫那封信時，她已經改姓神崎了。

「不過，那一晚的事讓我了解到，事到如今即使改了姓，我仍無法逃離浮舟的宿命。因為，那個男人對我所做的事，與匂宮欺騙了浮舟並侵犯她的事一模一樣。」

倒不如說——我心想——到目前為止，除了姓名與源氏香一致，真子並沒遭遇過會將自己與浮舟重疊的事，不是嗎？浮舟的雙親，或者應該說親生母親與繼父起爭執的場面確實存在，但爭執的原因也是為了她的婚事，並非父親不忠。

真子一開始或許只是單純被浮舟這個人或她的故事所吸引而已。然而不知不覺中，或者應該說是歷經那惡夢般的一晚後，她才會強烈地認定自己也會與浮舟一樣遭逢悲劇般的命運吧。

「浮舟後來也被匂宮吸引，但那是因為她原本就對薰感到不滿，內心產生了空隙所致。可是真子小姐不同，妳沒有任何過錯，並非完全相同。」

我試圖探出身子。但她以視線嚴厲地制止我。

「在那之前，我確實沒有過錯。不過，到現在為止的外遇，無論怎麼想，我都有不是。就算被你瞧不起也無可厚非。」

「我不會瞧不起妳的……當第三者的確不好，而妳正因為比任何人都理解這一點，才會打算結束。」

「你怎麼知道？」

「我看見了妳掛在安井金比羅宮裡的繪馬。」

——「希望MINORI不要再外遇了」。

「我原本誤以為外遇的人是真子先生的丈夫，所以認為那繪馬的內容是希望丈夫不再外遇——但實際上，介入別人家庭的是真子小姐妳。這麼一來，繪馬的意義就大為不同了。真子小姐是希望與妳交往的對象不再追求自己。如同《源氏物語》的結尾，浮舟對薰所做的那樣，妳為了拒絕之後的關係，才會在繪馬上祈求斬斷與交往對象之間的緣分。」

換言之，「MINORI」指的是與真子搞外遇的男性。皆川紀香不過是名字正好相符，與這件事毫無關聯。

「我無法斷乾淨。」

真子瞥向斜上方，窺探昏暗的天空。

「無論我多少次要求與對方分手，到頭來實在還是無法拒絕那個人。因為我愛他。」

「為什麼會如此……」

這是愚蠢的問題。深愛著某個人並不需要理由。

然而，真子卻明確地回答了我。

「六年前，寄信給你後，我真的從這座橋上跳了下去。」

我的心臟如同被揪緊般疼痛。她果然沒有僅止於未遂，而是真的實行了。

「不過，當時宇治川的水流並沒有現在那麼湍急。我痛苦掙扎時，一名男子跳進河裡救了我。那個人就是我現在交往的對象。」

「我當時並不知道他已經結婚了。」真子這麼說。「我愛上救了自己的人，並跟他有了更進一步的關係——我知道他是有婦之夫時，為時已晚了。」

我回想起今天詢問她「妳的丈夫是怎樣的人呢」時，她的回答。

——他是個既溫柔又帥氣的人，也很有力氣。

當時，她的口氣是在描述心上人，而不是丈夫吧。既然如此，也難怪她會抱持這樣的印象了。因為外遇對象對真子而言，是她的救命恩人。

「我無數次認為這樣的關係不能再繼續下去。」

突然一陣強風吹來，令她的身子傾斜。

「對那個人而言，我明明只是個替代品。」

「——替代品？」

「他說，我跟他由衷深愛過的女性十分相似，他沒能與那個人結婚。」

在自盡以未遂告終不久，得到消息的薰便再度前來追求浮舟。對薰而言，浮舟是以替身身分——已過世的大君的替代品——邂逅的對象。

一樣的。真子的命運連這點都與浮舟重疊。

「我已經跟他交往了六年。不過，從前如此憎恨父親外遇對象的自己，竟然也成了破壞他人家庭的第三者，這件事還是令我無法接受，我無論如何都無法原諒這樣的自己。然而，我卻也無法拒絕那個人。即使提出分手，如果被他挽留、被他乞求，我終究還是只能聽從他的話。」

接著，真子想像。

「如果是浮舟，她會怎麼樣呢？若是繼續被薰追求，並回應了他，她今後將如何自處？一想到這裡，我只能看見她再一次尋死的未來——這次一定要投宇治川自盡的未來。所以，我也打算這麼做。我打算在救了我的他面前，重現那一天以失敗告終的自盡。」

真子的雙手離開欄杆，夾在兩腿之間。

不妙。話題接近尾聲了。雖然她的交往對象似乎還沒有出現的跡象，但無論如何，我都必須維繫住她的意識才行。

這或許是十分淺薄且無趣的考察。但我將在前往這裡的途中拚命思考的內容說出口：

「──我並不這麼認為，我覺得那是錯的。」

或許是出其不意吧，真子眨了眨眼。

「就是真子小姐妳告訴我〈宇治十帖〉的結局。我後來仔細思考過，我認為浮舟不會尋死。」

「為什麼？」

因為我不想讓妳死去──我將真心話壓抑在心中。

「在第二十五回〈螢〉當中，光源氏曾對玉鬘說明自身對『故事』所持的論點吧。我認為那是紫式部借光源氏之口，提出自己對故事的論點。那一幕非常有意思，所以我記得很清楚。」

夕顏從前曾是光源氏的情人，卻遭鬼怪附身而結束了虛幻的一生，而玉鬘則是她的女兒。在〈螢〉當中，源氏在連日陰雨的季節裡，前往埋首閱讀故事的玉鬘身邊，並針對「故事」這個主題與她進行討論。

「光源氏在評論到最後時表示：『由善來看，並非皆為子虛烏有，毫無教益』對吧。

我認為他的意思是指『寫在故事裡的事，沒有什麼事是無用的』。」

我在讀與謝野晶子翻譯版時因摸不著頭緒，又在網路上找了大島本——廣為人知的《源氏物語》抄本——的原文，並以自己的方式解讀。

「那又怎麼樣？」

真子一臉納悶。直到昨晚才好不容易把《源氏物語》讀完一遍的男人，竟試圖對鍾愛了十年以上的她解說，真是荒唐可笑。

然而，即便如此，我仍然非傳達給她不可。紫式部是如何解讀真子所愛的「故事」——這個結果，將使得《源氏物語》以何種方式結束。即使得扭曲解釋，也要藉由傳達我的想法，讓她重新改寫結局才行。

「反過來說，光源氏的論點會不會是這個意思——不應於故事裡撰寫無用之事。如果說，紫式部是基於這個信念而讓《源氏物語》完結在那個地方呢？」

真子沒能回答。

「沒有必要撰寫接下來的故事，寫了也是白費——她會不會正是因為這樣想，才沒有繼續寫下去呢？」

「……你究竟想說什麼？」

「也就是什麼也沒發生。在紫式部的心目中，浮舟與薰之間的關係，自那之後也不會有任何改變。浮舟持續拒絕薰的追求，而薰也放棄了浮舟。於是浮舟成功出家，專注於佛法修行上度過餘生……也就只是到〈夢浮橋〉為止的故事延伸。所以她才沒寫出來，因為認為即使寫了也沒有意義。」

我邁出小小的一步。不可思議地，真子乾脆地允許了這個動作。

「如果浮舟真的會投河自盡，紫式部不可能不寫出來，不是嗎？她既然沒寫出來，就表示後來並沒有發生任何戲劇性的變化——所以，真子小姐也不會投河自盡。浮舟持續以堅定的意志拒絕薰，因此妳也能以堅強的心斬斷與交往對象之間的關係。」

「所以別做這種事了吧。」我緩緩地試圖再靠近真子一步。

然而真子卻抬起一隻腳，放上欄杆。

「你說的內容很有意思，真希望能早點聽到。」

笑了，她笑著，維持著危險的姿勢，甚至令人覺得只要自己微微一動，她就會因空氣流動而往後摔落一般。

「不過，我已經不能回頭了。我要死在這裡。」

既不細小也不沙啞，那是連我都可以清楚聽見的有力語調。

她是認真的。做這種事以博取同情等軟弱或脆弱之類的意圖，如今已完全感受不到了。我的話語及想法並非完全無法傳達到她的內心。而是因為她就是如此受到死亡吸引，以至於這麼做也無法撼動她的意志。

我已經沒辦法說些什麼，什麼也辦不到了。充其量只能不管三七二十一地飛撲過去——

這時，某個聲音從外側拋進了僅有我們兩人的世界。

「那就那麼做吧。」

我轉過頭。

是美星小姐。

她不知何時已邁步向前，並立在我身旁。

「倘若不尋死就無法獲得救贖，您就那麼做吧。」

我從未見過這樣的美星小姐。

她是在笑嗎？是在哭泣嗎？是在憤怒嗎？是在悲傷嗎？

看似都有可能，卻也全都不像。

我看不出來。被雨淋得渾身溼透的她，究竟有何感受，究竟在想些什麼，我完全摸不著頭緒。

「……美星小姐？」

我被她身上的異樣氛圍震懾。真子也因為她的模樣而固定不動。

美星小姐向前一步，踏進三之間。

「別過來！」

真子揚起眉毛。

不行，美星小姐，不要刺激她。我雖然這麼想著，卻動彈不得。

美星小姐滿不在乎地靠近真子。她以社交舞般的步伐，踏出一腳後，另一腳向前併攏，然後再踏出一腳，重複著這樣的動作——最後終於站到她的正前方。

真子目瞪口呆，似乎忘了要跳下去。不過，即使美星小姐伸出手，她仍能在被碰觸到之前先跳下去。一個不小心，或許連美星小姐也會受到牽連。不能輕忽大意。

極度漫長的一瞬間流逝。

美星小姐動了。

「美星小姐，妳做什麼——」

我不由得發出的聲音，被宛如飛撲上來的風抹消。

美星小姐以右手抓住垂在眼前，並不屬於自己的左手手腕。

她就這樣將手抬起，碰觸真子的肩膀。輕輕地撫摸了一下。

下個瞬間。

美星小姐將原本抓住的左手推了出去。

推向橋梁外側。

長長的黑髮在空中飄舞。

纖細的肢體朝欄杆另一側落下。

最後，我聽見了某個龐大物體墜入洶湧河面的撲通、嘩啦聲。

我宛如彈起來似的衝過去。橫跨過橋，奔向下游側，窺探欄杆下方。

勉強才能看見的黑髮髮梢，隨即遭到濁流吞沒，沉入其中。

4

我的喉嚨乾渴不已。

「為什麼要這麼做……」

我回到三之間前方，美星小姐過於唐突的舉動令我驚恐。

「——真子小姐已經死了。」

美星小姐緊握空蕩蕩的雙手，目不轉睛地盯著正前方。

「她的人生一直以來都為故事所支配。既然如此，除了讓真子小姐所堅信的故事實現，沒有其他能讓她接受命運的方法，直到我令那成真為止。而現在，真子小姐的痛苦——作為替代品被有婦之夫愛著的痛苦，已經被宇治川的河水所帶走。所以——」

美星小姐的臉扭曲成一團。

啊，這時候我似乎總算可以理解她的感情了。

她笑著，哭泣著，憤怒著，悲傷著——

且一心一意地想要拯救一個人。

「所以，這樣就可以了吧。真子小姐。」

真子在欄杆上宛如凍結般動彈不得。

我回頭看向藻川先生的車。依然敞開著的後車廂，因為降雨而形成了水窪。

「剛才掉下去的是……」

雖然不是問這種事的時候，但我還是插了嘴。美星小姐瞥了我一眼。

「是人偶，叔叔他取名為『垂井蘭』並疼愛著的人偶。」

接著，美星小姐轉向真子，繼續說道：

「我用人偶碰觸真子小姐的肩膀，移轉注意力後放進河裡流走。就如同人形——也就是替身一樣。」

美星小姐之前曾要藻川先生將人偶處理掉。當時藻川先生曾說「不用車無法搬運」，而把人偶放上車。看來自那時起，那個人偶便一直被扔在後車廂裡。

「欸，真子小姐。既然您只能作為替代品被愛著，最後一心求死，那麼由替身代替您死去也無妨吧。」

這次，美星小姐真的將手伸向了真子。真子已經不再恐嚇似的叫我們別靠近了。她宛如連靈魂都被人偶帶走，自己則變成了人偶一般，僅是茫然地發愣著。

「所以，活下去吧。讓自己創作的故事結束，活在今後的現實之中吧。」

美星小姐雙手環抱住真子的身體，接著溫柔地將她帶下欄杆。

真子並沒有抵抗，她依舊像變成了人偶般無力，隨著美星小姐的意思去做——她得救了。

即使如此，美星小姐仍環抱著真子好一會兒沒有放手。像是要確認她還活著一般，只是抱著她冰冷的身體。

我也靠近她們身邊，將手放上兩人的背。美星小姐對我使了眼色。

我與美星小姐一起摟著真子的腋下，攙扶著她站起來。一起坐進藻川先生的車裡之前，我都必須支撐著真子，坐進車後，我也因為過於放鬆而差點當場倒下。

真子坐在後座，默不吭聲地低著頭。因為我們沒有準備毛巾等物品，她的頭髮及衣服都淌著水滴，使座椅變得溼答答的。不過現在沒有多餘的心力去在意這種事。幸好藻川先生對於我們弄髒了他愛車一事，也一句話都沒有說。

車子緩緩發動，沿著宇治橋朝西南方ＪＲ宇治站方向前進。

——我不知道自己當時為什麼會看向窗外。

美星小姐坐在副駕駛座，真子坐在駕駛座後方，而我則坐在她身邊挨著她。真子低著頭，我一邊輕撫著她的背試圖替她取暖，同時看向左側窗戶。

有人在那裡。

在遍布視野的豪雨縫隙間，我看見紫式部像旁有個人撐傘佇立著。雖然僅是車輛通過的短短一瞬間，但我的眼睛確實捕捉到了那個人影。

「——停車！」

藻川先生一定感到莫名其妙吧。與其說是聽見我的吶喊，倒不如說他是單純吃了一驚而急踩了煞車。

車子在距離宇治橋西端的十字路口約五十公尺處停下。我打開車門，再度衝進雨中。

「青山先生，你要上哪兒去？」

就連美星小姐的叫聲也隨即被雨聲掩沒。

我朝著紫式部像奔馳，人影似乎注意到了我。對方雖然打算扔掉傘逃跑，但既然我從正面逼近，他就只能朝後方逃了。他衝向我跟真子中午並肩而坐的河畔。

我拚命追趕，抓住對方的身體。然而，卻輕易地被推開。

「——你做什麼？」

人影吐出這句話。我一屁股坐在河畔上，仰頭瞪著那個男人。

Eagle Coffee的老闆，高野鷹。

——「希望MINORI不要再外遇了」。

我之前也曾經懷疑過「MINORI」這個稱呼，是不是取自《源氏物語》第四十回〈御法〉。當時我曾懷疑是皆川紀香，並認為這種取名方式很有真子的風格。

即使皆川紀香的事是我搞錯了，但想法本身是正確的。「高野鷹」的發音是五個字[2]，將其套進源氏香後，會形成第一個字與第四個字、第二個字與第五個字分別相同的組合。而應對這個組合的《源氏物語》章回名，正是〈御法〉。

——「外遇對象就在那間店裡」。

在我們造訪Eagle Coffee那天，真子傳來的簡訊十分簡短，而真相也非常簡單。與真子發生不倫戀的對象，就是高野鷹。

「你為什麼愣在那裡看著？」

我抓著溼掉的沙子，站起身來。

「你看見真子小姐到現在仍打算跳下去的模樣了吧，為什麼不來阻止她？」

2「高野鷹」日文發音為「たかのたか（Ta Ka No Ta Ka）」。

「……我抵達時，你們已經在說服她了。」

高野越過我的頭頂看向三之間，面容扭曲。

「她……真子若是想投河自盡，原因並非與我毫無關係。因為六年前，我就是在這條河川救了投河自盡的她。」

——他是個既溫柔又帥氣的人，也很有力氣。

「如果我滿不在乎地現身，刺激到她，或許會發展成無可挽回的情況。所以我只能在一旁看著。」

「你騙人。」我拋出這句話。「你只是不想扯上關係。因為真子小姐對你而言，終究只是前未婚妻的替代品。你只是把她當作因為你做了多餘的事而離你遠去的前未婚妻替身而已。」

——回過神來，我也發現自己仍在尋找她的影子。

——仍在尋求著能成為她替代品的人。

「你懂什麼？」

高野與我對峙，他的大吼聲響徹河畔。

「你才是什麼也不懂。真子小姐這六年來一直深愛著你，也因此感到痛苦，而在傷心欲絕之餘提出分手。正是因為你不願當一回事，才會將她逼到今天這種地步。她今天企圖尋死，不就是你造成的嗎？」

「少囉唆，閉嘴——」

高野咆哮著撲了過來。

我們扭打成一團。然而我的力氣遠不及體格強壯的高野。原本想要推回去，卻反被猛扔出去。

那反作用力出乎意料地強勁。

「啊——」

我的身體飄浮了起來。就是那種感覺。

我往後傾倒，鞋底離開河畔。高野臉上浮現的驚愕表情，從我眼角的餘光瞥過。

緊接著，我背部朝下地跌進了波濤洶湧的宇治川。

那是人類完全無法比擬的力量，眨眼間就把我整個人沖走。我聞到了骯髒、令人作嘔，然而卻有些苦悶的氣味。

——我會死。

我憑著本能胡亂伸出手，但僅劃過虛空，什麼也抓不到。混濁的水猛烈灌進我一片空白的腦袋。

我感覺到意識逐漸遠去的那一瞬間——

右手手指似乎碰到了什麼。

那個東西攫住了我的手指。我的手臂被試圖帶走我的河川之力及試圖留住我的力量拉扯著。

我的側腹擦撞上堅硬的岩石，令我感到刺痛。我的全身被用力揣著，抵抗著理應無法抗拒的水流。

最後——我在宇治橋下方被拉上了河岸。

我躺臥在地面上劇烈嗆咳，咕嘟咕嘟地嘔出水來。接著我轉向上方。

「不要緊，振作一點。」

真子窺視著我的臉。

被她碰觸的我的手指，現在仍像連在一起般被緊緊握住。

美星小姐及藻川先生也在一旁。那麼，是真子抓住遭河水沖走的我的手，三人合力把我拉上來的嗎？簡直是火災現場爆發的蠻力。我原本以為單憑人類的力量，是怎樣也無法與那水勢抗衡的。

「我……已經……沒事了。」

我吐出不成聲的話語。勉強這麼說之後，真子終於鬆開了手。接著，她用雙手捧住我的臉頰微笑，站了起來。

我撐起上身，看向真子視線前方。

高野臉色鐵青地站在那兒。

真子以極度憎惡的目光狠狠瞪著那個男人。那眼神令人難以相信她曾有一瞬間深愛過對方，甚至彷彿可以聽見萬死不足惜般的詛咒。

我了解到，這悲傷的愛已然斷絕。

高野轉身打算離去。我朝著他的背影大喊出聲：

「等等！」

高野並未回頭，不過仍停下了腳步。

下一句話，唯有這句話，我認為非得傳達給他不可。

「……謝謝你。」

真子吃驚地轉向我。我竭盡全力地擠出聲音。

「謝謝你六年前救了投河自盡的真子小姐！我真的很慶幸真子小姐還活著！幸好真子小姐沒有死去。真是太好了——」

接下來的內容已不成話語。數度撞上岩石的拳頭相當疼痛。

高野微微轉過頭來，似乎張口想說些什麼。但他最後還是什麼也沒說，離開河畔消失在大雨的另一端。

美星小姐從正面緊緊抱住我——我又讓她困擾了。

真子依然目不轉睛地凝望著高野消失的方向，宛如雨中留有殘像一般。

她的眼神已經和剛才不一樣了。

站在那裡的，只是一名對離別感到惋惜的女性。

不知為何，我難以忍受地感到悲傷。真子獲救，從囚禁住自己的故事世界回到現實，還成功斬斷了痛苦源頭，明明應該是皆大歡喜的結局才對，但一想到她沒有希望的愛，我就悲傷得無法自己。我將臉埋在美星小姐的肩上，拚命壓抑著聲音哭泣。

然後——就這樣失去了意識。

終章

願能將這杯鴛鴦奶茶做得美味

我造訪塔列蘭咖啡館的次數已經多得數不清，不過，這還是我頭一次站到吧檯內側。

我將美星小姐沖咖啡的手法——至今為止已親眼見識過無數次的步驟忠於原貌地重現。喀啦喀啦地磨咖啡豆，將咖啡粉倒進法蘭絨濾布悶蒸，以水壺劃圓注入熱水。以相同的咖啡豆、相同的工具，竭盡所能地沖出相同的味道。

我將裝滿剛沖好咖啡的杯子放上吧檯。坐在檯前的客人緩緩地嗅聞香味，啜飲一口。接著發出驚嘆聲。

「真的——這味道與塔列蘭伯爵的至理名言如出一轍。」

神崎真子笑容滿面。

距離她投宇治川自盡未遂一事已過了三週左右。那一天的後來，我在暴風雨中被救護車送往醫院。不過在抵達醫院時就恢復意識，僅接受了簡單的檢查，休息兩、三個小時後就立刻返家了。由於能同乘救護車的人數有限，只有美星小姐陪我到醫院，而真子則由藻川先生開車送她回離宇治橋不遠的家裡。

自從救起我那瞬間起，真子彷彿變了一個人。第一個提議叫救護車的人似乎也是她。真子堅強得不像是直到前一刻還打算投河自盡的人，據說她向送自己回家的藻川先生為造成麻煩一事致歉，並對他表示「我已經不要緊了」。看了她的模樣，藻川先生才放心地留下她一人離去。

之後，我為了避免真子又產生奇怪的念頭而殷勤與她保持聯絡。雖然電話另一頭傳來的聲音相當開朗，令人感覺似乎不需要操心。她說自己很忙碌，一直不願與我見面。直到今天，她久違地空出時間，我才終於在睽違了三週後再度見到她，並帶她來到塔列蘭。

回想起來，所謂「暴風雨前的寧靜」指的就是那麼一回事吧。我當時在風雨暫歇的宇治川邊與真子道別時，浮現在腦海中的懊悔，是沒能達成十一年前與真子的約定。於是，我心想著這次一定要達成約定，因而無論如何都想親手沖出符合塔列蘭伯爵至理名言的咖啡。畢竟追根究柢，我當初會走入咖啡界的契機，也是基於「既然完全找不到符合理想的咖啡，就由自己沖出來」這樣的想法。

「太好了。這麼一來，總算達成了約定。」

我看著真子一口口啜著咖啡，笑了起來。真子能夠喜歡真是太好了。單是如此，我就覺得自己人生當中的重要部分獲得了回報。

在塔列蘭的固定成員──美星小姐、藻川先生及貓咪查爾斯的注視下，真子一眨眼就喝光了咖啡。接著，以加點咖啡似的輕鬆態度，爽快地開口：

「我打算離開京都。」

「──這樣啊。」

令人意外地，我順其自然地接受了。或許是我早有預感會如此吧。她會不想永遠待在宇治川流經的城鎮，是理所當然的事。

「接下來想到哪兒去？」

「我想乾脆離開日本。」

真子拋了個媚眼，簡直像在談論祕密約會般開玩笑的舉動。

「否則，我的內心或許又會開始動搖，無法將許多事斷得一乾二淨——畢竟《源氏物語》的精神在這個國家是根深抵固啊。」

她這句話令我擔心，或許也顯露在表情上了。真子就像在驅趕討厭的氣味般揮揮手。

「別擔心。我已經在思考今後的事了。我聽同行的朋友說，有個可以用髮型設計師的身分前往世界各國工作的就業方案。不過老實說，要我前往與日本人造型標準差距過大的國家，我也沒什麼自信，所以我打算申請前往鄰近國家——香港一帶。」

「這麼說來，妳說妳去過香港對吧？」

「跟前未婚夫去婚前旅行時去過。」

她一邊微笑，微微垂下了眼。

「那是個令人愉快的城市，我留下的盡是些美好印象。當然，真要回想起當時的事也有些痛苦……但仔細想想，那段時期是我人生最順遂的時候，所以我總覺得只要前往香港，或許就能回到幸福時代的自己，重新來過。」

果然還是很有真子風格的思考方式，不過我覺得也罷。所謂的故事，正是在需要時陪伴著自己的事物，不是嗎？身為從前被她的故事拯救過之人，我想相信她今後所編織的故事，一定能帶給她積極向前邁進的力量。

「妳還是打算繼續當髮型設計師啊。」

「畢竟一直以來都從事著這一行啊，這可是我好不容易實現的夢想，我想再努力看看。」

所謂的夢想，從實現的那一刻起就變成了現實——她從前曾這麼說過。也就是說，她現在也能確實放眼於現實了。

「雖然妳突然說要出國，讓我吃了一驚，不過看來似乎不需要我擔心。總之，請真子小姐專注於思考如何讓自己過得幸福就好。」

「真是的，你這個人直到最後都這麼狂妄。」

我們倆一起笑出聲來。她一定能變得幸福。我心想。

「那麼，我要走了。」

真子從椅子上站起來，接著轉向美星小姐及藻川先生，深深地鞠躬。

「各位，真的非常感謝你們的照顧。」

「請多保重。」

「回國後，要再來我們店裡喲。」

真子輕輕撫摸查爾斯的頭，面帶笑容離開了咖啡館。

我掏出錢給美星小姐，要替真子付咖啡錢。因為我約好要請她喝咖啡，所以自己沖的咖啡錢就由我自己來出。因為我需要藉由做些不用在此刻做也無妨的事，避免讓自己的表情被看見，藉此讓自己的情緒蒙混過去。

然而，美星小姐的一句話，讓我彷彿挨了一巴掌。

「你不用追上去嗎？」

她略微難受地看著我。

如果我沒有自抬身價——這恐怕就是所謂的吃醋吧。

「你還有話沒對她說吧？在兩人獨處的情況下，再稍微聊聊比較好吧。」

我不知道她為什麼會這麼想，是女性的直覺嗎？畢竟我從未告訴過美星小姐，自己從前對真子懷有淡淡的愛慕之情。

總之，我彈起來似的衝了出去，推開厚重的門扉吶喊：

「真子小姐！」

真子已經走到塔列蘭的大門，兩棟並立的住宅屋頂形成的隧道另一端。

在初秋陽光灑落的庭院裡，我們隔著隧道面對面。我原本想說些像故事般美麗的結語，但從脣間流洩而出的，卻是不得要領的真心話。

「寄E-mail或什麼方式都好，請偶爾跟我聯絡。假如遇到了什麼難受的事，在鑽牛角尖之前，請試著依賴任何人，無論是我或別人都好。即使如此若依然無法順利解決，至少請給我一點提示，我一定會再去幫助妳的！」

真子苦笑。「完全不信任我啊。」她嘟噥。

接著，她這麼說：

「我能夠活著，真是太好了。」

宛如連昏暗的隧道也照亮的話語。

「將手伸向你時，我由衷地這麼想。」

我認為她說得沒錯，卻也認為不僅如此。對救了我一命的她，無論我怎麼感謝也不足以聊表謝意。不過，那只是因為這事實顯而易見罷了。除了這件事，一定還有許多因為她活著而獲得救贖的人，只是她沒有發現而已。

人是無法獨自活下去的。可是，這不是指能力方面，而是只要活著，就不可能不去影響別人，或是不被誰所影響。不論是用什麼樣的方式活著，人都絕對不是只有獨自一個人。

所以，真子夠活著，真是太好了——我這麼想。

「你要來香港嗎？」

她突然邀請我。這或許是她表達好感的方式也說不定。

我裝作沒有察覺這點。

「我想去玩。作為咖啡的回禮，下次要請妳替我修剪頭髮。」

真子微微露出無趣的表情。接著她笑了。

「你成為一個好男人了呢。」

我抬頭挺胸。

「因為我有喜歡的人了。」

真子點點頭，看著手表。

「保重喔。」她揮手道別。

「真子小姐。」

最後，我再度喚了她的名字。

「我們還要再見面喔。」

睽違十一年的、相同的台詞。不過，真子的答案卻不同了。

「還會再見面的，一定會。」

就這樣，隧道另一側只剩下陽光灑落的富小路通。

「已經滿足了嗎？」

我一回到塔列蘭咖啡館，美星小姐就隔著吧檯這麼問。

「是，下次見面時，應該又是十一年後了吧。」

我打趣地說，在吧檯座位坐下。

「咖啡的事真不好意思，提出那麼無理的請求。」

「不會。如果是青山先生你，我可以放心地將我們店裡的咖啡交給你。」

「妳這麼說真是讓我鬆了一口氣。還有……關於真子小姐的事，我也要再次向妳致謝。如果沒有妳，她一定無法重新振作起來，甚至連是不是還活著都不知道。」

美星小姐溫柔地搖搖頭。這種時候一句話也不說，的確很有她的風格——我心想。

「話說回來，沒想到妳竟然會將人偶扔進河裡。」

那件事令我大吃一驚，想必真子也是。如果沒有美星小姐出人意表的舉動，也無法軟化真子原本固執的內心吧——事到如今我才這麼覺得。

「那幾乎可說是單純的衝動罷了。」

美星小姐略顯不好意思。

「我知道青山先生你拚命在吸引真子小姐的注意，而我則思考著自己究竟能幫上什麼忙，便先回到車上尋找能派上用場的物品，然後就發現了那尊人偶。於是我馬上想到可以將它假裝成人形使用。」

以美星小姐而言，那個舉動確實過於激烈。不過反過來說，也因此可以感覺到美星小姐是如此強烈地試圖阻止真子自殺。

從前，美星小姐重要的人曾死在河裡。雖然這並非可以輕易提起的事，但能夠避免悲劇在她眼前重演，真是太好了——我這麼心想。

「美星小姐，我可以問妳一件事嗎？妳是什麼時候察覺真子小姐沒有結婚，而且就是介入別人家庭的當事人的？」

美星小姐以手搖式磨豆機磨起咖啡豆。

「一開始讓我產生疑問的地方，是咖啡豆吊飾的事。就是藉由從同一顆果實中採出的兩顆咖啡豆做成成對吊飾，用以表示戀情終將開花結果的那個……」

她的智慧型手機放在吧檯邊緣，上面好好地掛著我送給她的咖啡豆吊飾。

「如果她與丈夫之間的關係不融洽，照理來說應該會對這項商品感興趣吧。而且，店長解說後，內心被觸動的真子小姐甚至流下淚來。然而，在青山先生你推薦她購買時，她不但不買，甚至還說：『我才不可能送這種東西給他。』這點令我感覺到另有隱情。」

這麼說來，在我提起這件事時，美星小姐似乎相當在意某些地方，我本身也完全猜不出真子究竟在想些什麼。不過，不需要吊飾這項判斷本身並沒有不自然之處，因此我當天就決定不再多想。

現在回想起來，就能得出「真子既然希望與高野分手，自然不可能將帶有加深羈絆意義的吊飾送給他」這種答案。

「原來如此……不過，應該不僅如此吧。」

「讓我這股細微的奇怪感受轉成鮮明輪廓的契機，就是安井金比羅宮的事。」

「妳是指繪馬吧。」

「是的。其實，我聽說真子小姐十分喜愛《源氏物語》，以及她原本的姓氏是小島時，我馬上就察覺了，如果將她的名字套進源氏香裡，就會得出『浮舟』這個結果。」

她說得輕描淡寫，但一般人是不可能會想到這點的。這個人對於知識的好奇心果然非比尋常。

「所以，我看見繪馬內容中意指特定人物的MINORI一詞時，我馬上就懷疑是不是指源氏香中的『御法』，接著又得知了Eagle Coffee的老闆那與眾不同的名字。這如果是偶然，也未免太過湊巧。因此我才會問你那間店是不是真子小姐介紹的。」

美星小姐並不知道真子隨後傳給我的簡訊內容。「外遇對象就在Eagle Coffee裡」——這是只有我才知道的情報。儘管如此，美星小姐卻以繪馬及兩人的名字找出了關聯。姓氏不同，自然表示兩人並非夫妻。儘管如此，真子卻希望對方別再外遇——這也就表示，真子希望結束的婚外情，指的其實是有婦之夫高野與真子本身交往的事。

「不過，就算真子小姐與高野有關聯，也不代表真子小姐沒有結婚吧？倒不如說，可以視為正因為真子小姐有丈夫，才會苦於與高野之間的關係才對。實際上，浮舟本身也是處於這樣的困境。」

我提出疑問。畢竟她都改了姓氏，聯想到結婚比較自然吧。

美星小姐邊喀啦喀啦地磨著豆子邊回答：

「其中一點，是真子小姐在假裝被家暴時，一次也沒有提起過『丈夫』一詞。畢竟她受到暴力相向一事是謊言，假如她真的結婚，就算說是丈夫做的應該也不成問題。」

「原來如此。就算真子將丈夫視為薰，將高野視為匂宮，也不需要刻意讓匂宮當壞人。畢竟浮舟希望躲在小野，是為了同時避開薰及匂宮雙方的耳目。」

倒不如說，如果他想躲到我家，就表示施暴之人一定是同住在一個屋簷下的丈夫。然而正因為她沒有結婚，才會無法使用「丈夫」一詞。

不過，其實在發生猿辻事件那一天，真子曾在我面前用過一次「我丈夫」一詞。

——我丈夫今天絕對不可能會看見我們。

那是當然的。畢竟真子的丈夫這號人物，從一開始就不存在於這個世上。

「是的……還有一點，與其說是理論，倒不如說是單純的印象。」

「印象……嗎？」

「假使真子小姐有丈夫，而且還因自己外遇一事所苦，我就會認為那個繪馬上的內容太過虛偽了。雖然對丈夫感到內疚，卻無法主動停止外遇，所以希望MINORI別再外遇……該怎麼說呢，不覺得太過缺乏自主性了嗎？」

雖然並不是該這麼反應的情況，我還是不由得苦笑。

「如果是這樣，我或許也會想對她這麼說——不要只將願望寫在繪馬上，乾脆地結束外遇如何？」

真子並不需要在兩個男人之間搖擺不定。正因為她死心踏地地深愛著一名男性，才會被逼上絕境。

老實說，我仍感覺到某些邏輯上的漏洞。另一方面，也認為美星小姐或許並不是百分之百確定一切。只是在思考關於真子的各種事中，推測出有極高可能性的一點，也就是——她目前單身，且介入他人家庭。如果在意真子的結局，並擔心她會自尋死路，僅需這樣的推論就已足夠。假設推測錯誤，到時也只要一笑置之就行了。

「也就是說，妳其實很久以前就懷疑真子小姐其實是單身了吧。為什麼不告訴我？」

結果，美星小姐原本水平旋轉著的手停了下來。

「那是因為……我很不安。」

「不安？」

「青山先生，你自己沒察覺到吧。你看著真子小姐的眼神並不尋常喔。」

美星小姐臉紅了起來。我大概也受到影響而臉紅了。

「咦，不，應該沒有吧……」

「我並不知道你們倆之間在十一年前發生過什麼事，恐怕也不是那麼深厚的關係。畢竟是國中生跟大人啊。不過，我至少能察覺青山先生你對她抱持的情感。」

「騙人的吧？請跟我說這是騙我的。」

「昭然若揭喔。」

嗯咕。我的喉嚨深處發出奇怪的聲響。我剛才認為是「女性直覺」的事，原來是這麼一回事嗎？

「不過，只要青山先生認為真子小姐已婚，就算是你也不至於將她視為戀愛對象吧……所以我才會隱瞞不說。我是故意的。」

美星小姐的臉愈來愈紅。我大概也受到影響，臉跟著更紅了。

才剛這麼想——她的表情卻變得陰沉。

「沒想到卻會演變成那種情況。早知如此，我應該早點告訴你的。差一點就造成無法挽回的結果了。」

「妳這麼說就不對了。美星小姐，妳沒有任何過錯。」

對於讓美星小姐產生這種想法的自己，我痛切地感到難為情。但若是說出這點，她想必會更加自責，於是我便沒有說出口。

美星小姐磨完咖啡豆，開始沖起咖啡，並裝在玻璃盆裡。不是用咖啡杯啊，我想。如同以往，我並沒有特別指定點些什麼。

「……香港……嗎？我沒有去過，所以難以想像啊。不曉得她會不會喝鴛鴦奶茶哩？真希望真子小姐也可以找到能與她如鴛鴦般恩愛的好對象啊。」

我無心地這麼說，美星小姐便詢問：

「青山先生，你熟悉鴛鴦的生態嗎？」

「不……經妳這麼一問，我發現自己頂多只知道公鴛鴦與母鴛鴦總會成對行動而已。正因為如此，才會被用來形容夫妻感情深厚吧。」

「對。不過，實際上，鴛鴦在每一次的繁殖期都會換對象，並不會白頭偕老喔。」

「咦？是這樣嗎？」

我完全不知道。無視於雙眼圓睜的我，美星小姐將沖好的咖啡放在一旁，接下來拿出茶壺。她似乎是在磨好咖啡豆後的時間點開始悶蒸茶葉的。

「反觀人類又如何呢？在這個國家，是以白頭偕老為前提結為夫妻，但實際上每三對夫妻就會有一對離婚，此外，即使不至於離婚，偷情也是家常便飯。人類有資格取笑為了傳宗接代而每年換對象的鴛鴦嗎？」

哦。她很難得會說出這種彆扭的話來啊。

「在我身邊，也有朋友正與有婦之夫在搞外遇。雖然對那名男性的家庭過意不去，但既然當事人覺得開心，我就不打算阻止——不過，看見對於相信總有一天會結婚而遲遲無法抽身的人，或是像真子小姐那樣無法與對方斷絕關係，持續藕斷絲連交往的人，我還是會感到心痛。為了痛苦的朋友著想，我也曾說出嚴厲的話。不過到頭來，既然已經喜歡上，就怎樣也無法挽回了。」

美星小姐將咖啡與紅茶在玻璃盆中混合，接著倒入罐裝煉乳與砂糖，最後裝進杯中，遞了過來。

我試著啜飲了一口。首先是柔和的甜味，隨後，異國風味的清爽感擴散開來。

「好喝！這杯鴛鴦奶茶真好喝！」

我發出歡呼聲。美星小姐看似開心地微笑。

「我終於能做得好喝了。我一直在祈禱喔。希望能將這杯鴛鴦奶茶做得美味。」

這跟結婚是一樣的呢——美星小姐說。

「實際上，確實是每三對夫妻就有一對離婚。但我認為，即使如此，大家都還是抱著希望能成為如鴛鴦般恩愛的夫妻這種想法結婚的。就連Eagle Coffee的高野先生，應該也是希望自己能夠忘記前未婚妻，獲得幸福，而與現在的妻子結婚的吧。」

沒錯，任何人一開始一定都曾如此祈禱。即使如此，仍有可能無法順遂。或許是在累積了持續不斷的努力後，最後只能訴諸於祈禱——希望這段婚姻能夠順利，希望我們倆能成為如鴛鴦般感情深厚的夫妻。

「我那位當第三者的朋友，既然如青山先生所說，希望能追求屬於自己的幸福，那麼我就只能從旁守護著而已。我並不打算單方面責怪當事人。或許也會有自作自受的情況吧，但是，在世上仍有許多會因婚外情而受到良心苛責的人，這也是事實。真子小姐也不過是其中一個案例罷了。」

美星小姐十分清楚不該對他人的感情事插嘴。如果看見因自己的外遇而痛苦的女性，她想必會溫柔地傾聽，並不否定，而是平靜地給予溫暖吧。美星小姐就是這種人。

即使如此，她內心的真誠，卻也因了解充滿痛苦的愛而感到刺痛。無法不為誕生於世上的悲傷感到難過憤慨。

搞不好，這是她頭一次對他人傾吐這種心情。我想認真地傾聽接納。

「美星小姐，妳是個笨拙的人啊。」

她噘起嘴。

「我唯獨不想被青山先生這麼說。」

「哈哈。不過，我就是喜歡這樣的妳喔。」

美星小姐的臉頰又再次脹紅。我大概也受到影響而變紅了。

乾脆趁勢說出「我們也成為鴛鴦吧！」這種話來或許也不壞。只不過，我發現藻川先生正冷眼看著我，而查爾斯也對著我背毛倒豎，感覺到情勢不妙，我打消了念頭，只是滋滋地啜飲著鴛鴦奶茶。

或許是為了掩飾害羞，美星小姐開始清洗餐具，發出喀鏘的聲響。從剛才起就聽見她嘟噥著的聲音。

「真是的，香港也好，哪裡都好，隨你愛去哪裡就去哪裡啦。」

美星小姐並不知道真子邀請過我。因此那只是沒有什麼意義的話吧。

「……真子小姐在我內心軟弱時，曾坐在我身旁陪著我。」

聽見我的話，美星小姐停下手邊的動作，抬起頭來。

「所以，我知道她內心軟弱時，也想在她身旁陪伴著她。那是不同於戀愛的情感，只是希望她能打起精神而已。」

「這是理所當然的事。」美星小姐接受了。我繼續說道：

「任何人都會有內心軟弱的瞬間，並不是一開始就想走錯路。我認為，人們只不過是想獲得幸福、試圖獲得幸福，然而內心卻感到軟弱的那瞬間，不小心脫離正軌而已。然後就這樣，等意識到時，已變得無可挽回。」

真子也一樣，若不是內心變得軟弱，她應該不會為了自己憎惡萬分的婚外情而憔悴。就連自己原本嫌惡至極的道路，都輕易地踏上去。人類就是如此不可靠的生物。

「我也一樣是人類。或許也有可能因內心軟弱，而聽進平時絕不會理會的愚蠢耳語。如果那一天，我沒能成功阻止真子，真不曉得自己究竟會如何。」

至少，與高中時代只是在時隔五年歲月後收下一封信的自己相比，現在的我想必會承擔無可比擬的悲傷吧。

悲傷會產生連鎖效應。想陪伴在對方身邊這種毋庸置疑出於善意的心情或舉動，更容易強烈地、鮮明地與傳遞悲傷一事相連結。

「我體會到，想陪伴在內心軟弱的人身邊，是非常恐怖且需要勇氣的事。單靠溫柔是無法解決問題的——然而，因為有美星小姐在，才能拯救真子小姐的性命；而託真子小姐的福，我也才能撿回一命。我認為能夠擁有想陪伴在對方身邊的心情，真是太好了。幸好自己沒有捨棄那份溫柔及勇氣。」

「我也這麼認為。」

美星小姐緩緩點了一下頭。

我坐正姿勢，深呼吸。

「如果有一天，我的內心變軟弱了，美星小姐——妳願意陪在我身邊嗎？即使聽信愚蠢耳語的我，試圖將妳一同拖進悲傷之中……妳也能持續抱持勇氣嗎？」

「那當然。」

美星小姐的回答沒有一絲迷惘。

「無論你身在何處，我都會找到你——直到將你從悲傷湍流中拉起為止，我都會持續伸出手。」

我自然而然地湧起笑意。她的心意令我由衷欣喜不已。

「這句話，我原封不動地送給妳。所以——」

我從口袋中取出自己的智慧型手機，高舉至眼前。

「讓我們一起活下去吧。」

咖啡豆吊飾搖晃著。

美星小姐展露微笑。

——即使這份戀情短暫，結束之日終將到來。

在這一瞬間，我也相信自己能與她永保美好的關係。這份想法的珍貴、美麗，無論怎樣都絕不會消失。

我現在只希望與她一起活下去。無憂亦無懼。活下去吧。

我閉上雙眼，令人懷念的河畔景象浮現在腦海中。

我心想，總有一天要讓美星小姐親眼看看我成長的城鎮——那大河川流不息的景象。

特別收錄

這個蘋果派不好吃啊

「沒想到竟然在這種地方……」

找到標示著「塔列蘭咖啡館」電子招牌的瞬間，我不由得停下了腳步。

傍晚，我與妻子在熟悉的京都街上散步，招牌就兀自佇立於小巷之中。我的內心湧起一股類似懷念、又有些類似寂寞的情緒，試著對站在身旁的妻子提議：

「要不要去這間店吃蘋果派？」

「這時候吃沒問題嗎？你會乖乖吃晚餐吧？」

妻子故意噘起嘴。自從邁入不惑之年，我的食慾確實像騙人似的衰退。不過，只吃一塊派應該不至於有什麼影響。畢竟妻子的廚藝很棒。

「我知道啦。」我笑道。接著牽起妻子的手，推開咖啡館的沉重門扉。

五年前的某一晚。我結束工作晚歸時，妻子罕見地以開朗的表情前來迎接。

「歡迎回來。」

「芽依子，怎麼了？妳的心情似乎很好，發生了什麼事嗎？」

「我中午跟朋友去咖啡館喝茶。因為好久沒見，聊得非常開心。」

對於身為家庭主婦的妻子而言，與朋友聊天似乎是很好的消遣方式。

「是位於法院附近，一間名叫塔列蘭的咖啡館。我們吃了蘋果派，朋友說那是自己吃過的蘋果派中最好吃的，讚不絕口呢。」
「哦。我還真想品嘗啊。」
結果妻子思考了一會兒後說：
「我下次買回來吧，那間店好像也可以外帶。」
我點頭同意，然後隔天就忘了這件事。
沒想到，到了下一週。我依然因工作而晚歸時，妻子一臉得意地展示裝在白色盒子裡的蘋果派，笑著說：
「這就是我上次說過的蘋果派，我買了一整個喔。」
她將切成六等份扇型的其中一塊遞給我。我已經吃過晚餐，但無法拒絕，還是大口咬下，咀嚼後偏了偏頭。
「……妳說妳朋友對這個味道讚不絕口？」
妻子的眉毛垂成八字。「不合你的口味嗎？」
「是啊。雖然這麼說不太好，但老實說，這個蘋果派不好吃啊。」
她也一樣將蘋果派送進嘴裡，沮喪地說：
「味道或許不太穩定啊，可能也跟作為原料的蘋果有關吧。我下次再買。」
後來，妻子仍會不時在想起這件事時買蘋果派回來，每次都會讓我嘗嘗味道。但就算是恭維，還是很難說好吃。

這樣的情形持續了約五次左右吧——我一如既往地品嘗了派，並一如既往地發表不好吃的評論時，妻子突然用雙手摀住臉，哭了起來。

然後，她這麼說——我們離婚吧。

「……還發生過那樣的事啊。」

這段回憶講到最後，變成我半自言自語般低喃。妻子在桌子另一側露出複雜的表情，但依然保持著微笑。

「不過，正因為如此，才有現在的我們啊。」

我們坐在咖啡館靠窗的座位，等待點好的咖啡及蘋果派送來。一名年輕女店員在吧檯裡磨著咖啡豆，雖然看不見她身旁老人手邊的動作，但似乎是在切著蘋果派。他的表情不知為何十分嚴肅。我雖然自認為有注意音量，但該不會是被他聽見我所說的內容了吧？

希望在五年之間，蘋果派的味道有改善。我在內心祈禱。

我與芽依子是在朋友的介紹下認識，交往一年後結婚的。

我很喜歡她那居家的個性。她喜歡做菜和做點心，我總是一邊說著「好吃好吃」，一邊將料理一掃而空。她打掃及洗衣服也十分俐落。而我原本就是個家庭觀念老派的人，認為自己認真工作賺錢，妻子應該守護著家庭，而她也接納了這樣的想法。

如果有孩子，狀況或許會有所不同。不過結婚三年來，我總是以工作忙碌為藉口而晚歸。幾乎每天都在外頭吃晚餐——也曾跟女性一起吃飯——一開始會等我回家才睡的妻子，最後也不再等待，先行就寢。夫妻關係降到冰點。直到最後，「離婚」二字也閃現在腦海中。

就在此時，蘋果派事件令我們久違地又恢復正常溝通。我想彼此或許都希望能有微小的契機，作為隨意閒聊的開端吧。蘋果派雖然不合我的口味，但妻子意氣用事地一而再再而三買回來的模樣，也相當惹人憐愛。這是關係改善的徵兆，即使遲鈍，我也有這樣的感覺，但——

「為什麼……要離婚？」

我倉皇失措，而妻子只說出平凡無奇的理由：

「你總是只顧工作而不管家庭，我已經對你失去愛了。」

雖然心裡有多到令我厭煩的線索，這件事仍發生得過於唐突。我難以接受，將妻子遞過來的離婚申請書揉成一團，扔進垃圾筒。

「讓您們久等了。」

看見女店員放在托盤上端來的咖啡及蘋果派，我大感驚愕。

不一樣。

眼前的蘋果派，是以烤得酥脆的派皮包裹甜煮蘋果，也就是最為常見的美式蘋果派。我從前吃過的不是這種，而是做成水果塔般，以酥酥的餅皮覆蓋在蘋果上的那一種。

「請問，蘋果派的作法改變過嗎？」

我不由得詢問，而那名老人則瞪向這邊回答：

「已經十年以上都沒有改變過喲。」

「但是……以前我妻子從這裡買回去的，是英式蘋果派。」

結果女店員看著我的臉，眨了幾次眼睛。

「您了解得真清楚。英式蘋果派在日本明明並不常見——」

這一瞬間，我突然完全了解妻子——芽依子當時的言行舉止了。

我會知道那是英式蘋果派，是因為我曾針對這罕見的外型詢問過芽依子。但那是很久以前的事了，當時我與芽依子還沒結婚。她頭一次做給我吃的蘋果派就是英式蘋果派。我對點心並不了解，才會產生以為只是自己沒見過，並不是那麼罕見的錯覺，後來即使吃了好幾次英式蘋果派，我也沒有感到哪裡奇怪。

對於女友做給我的點心，我只針對外型評論的原因，不為別的，而是為了排解痛苦，即使只有少許也好。

芽依子很喜歡做菜及做點心。但是，她很不擅長調味。

交往時，我隱瞞了自己的感想而謊稱「好吃好吃」，將她做的菜硬吃下肚。她居家的性格吸引了我，這是事實。因為除了調味以外，我沒發現她其他缺點，於是才結了婚。同時也期待她的廚藝能逐漸改善。然而，不曉得是不是她的味覺異於常人，她做的菜味道完全沒有改善。

由於先前的謊言令我心懷內疚，我無法指摘她做的菜難吃。雖然偶爾會試著用「味道太重了」等委婉的說法，但她總是懷疑我的味覺，完全不加理睬——不久後，我就漸漸愈來愈晚歸了。因為我想盡可能避免吃到她做的料理。

她或許隱約察覺了這項事實，所以決定試探我。

藉由將我從前曾說「好吃」並一掃而空的手工蘋果派，假裝成是買回來的讓我品嘗，以確認我的真心話。

我不知道英式蘋果派並不常見，因此沒察覺那是她親手做的。我既不太注意一次買下整個蘋果派的不自然之處，也早已將婚前品嘗過的蘋果派滋味忘得一乾二淨——即使記得，我頂多也只會認為既然是她推薦的，味道就算相似也不奇怪吧。

而她雖然對於我的「不好吃」評論感到氣餒，仍無法輕易捨棄希望。只是因為太久沒做了才會失敗，下次我一定會說好吃吧——她這樣想著重複了五次，之後終於領悟了我總是晚歸的原因。

這才是她決定離婚的真正理由。

「你怎麼了，沒事吧？」

隔了五年才得知真相的我當下愣住，妻子出聲喚我。我搖搖頭。

「沒事，彩加。」

我與現在的妻子——彩加登記結婚，是與芽依子離婚兩年後的事。其實我是在與芽依子仍是夫妻的期間，開始跟彩加交往的，但離婚時，芽依子並未向我要求贍養費。或許是因為芽依子只因做菜一事煩惱，並未察覺到我出軌的事實吧。

既然我跟彩加之間是從外遇開始的，我幾乎毫無保留地將與芽依子之間的事都告訴彩加。就連吃了蘋果派後，她突然對我說出離婚一事，我也曾以半開玩笑的態度提過，因此對於今天在此舊事重提並沒有什麼抗拒。

彩加並不是那麼居家的女性。說到底，我們原本是上司與下屬的關係，她現在也仍在上班。不過，她很會做菜，我就是被她這點吸引。此外，或許是因為對方是下屬，不需要太過拘謹的緣故，與芽依子不同，我與彩加之間無話不談。至今結婚三年，正好和當初芽依子與我感情轉淡過了相同的時間，但至今我們仍是一直會牽著手的恩愛夫妻。

我曾經一度聽聞芽依子也再婚的事。我們的婚姻或許是失敗的，人只要活著，總是會遭遇失敗。不過，那絕不盡然是壞事。接受失敗並重新來過，就結果而言，只要雙方都能找到讓自己更加幸福的道路，總比緊咬著早已無法挽回的關係還要好多了。然而——

一面反芻著當初硬是嚥下芽依子親手做的蘋果派時的痛苦，我思考著。

如果交往時，年輕時的我曾說出一句「這個蘋果派不好吃啊」的話，我們兩人的婚姻現在是否仍能順利持續下去呢？

不，正好相反——我們的失敗之處，正是沒能建立起可輕易說出那種話的關係。

「欸，這個蘋果派非常好吃喔，你也快點吃吧。」

我對開朗笑著的妻子點頭，將蘋果派送進口中。這可以說美味得無懈可擊，但我卻感到十分悲哀。

本故事純屬虛構。若出現相同名稱，與實際人物、團體等一概無關。

引用

《全譯源氏物語》紫式部　與謝野晶子譯　角川文庫　一九七一年

《作家筆記》（*A Writer's Notebook*）毛姆（William Somerset Maugham）中村佐喜子譯　新潮文庫　一九六九年

參考文獻

《世界一わかりすぎる源氏物語》《源氏物語大辭典》編纂委員會　角川文庫　二〇一一年
《宇治十帖解読　菩提と煩悩の間でさまよう人々》　田中宗孝、田中睦子　幻冬社Renaissance　二〇一一年
《京都通になる100の雑学》　清水さとし　實業之日本社　二〇一三年
《宇治市源氏物語ミュージアム常設展示案內》　宇治市源氏物語博物館　二〇一二年　第二版　第二刷　小冊子

日本暢銷小說 87

咖啡館推理事件簿5

——願這杯鴛鴦奶茶美味

作者｜岡崎琢磨
繪圖｜Shirakaba
譯者｜Shion
封面設計｜莊謹銘
特約編輯｜楊鈺儀
責任編輯｜巫維珍

國際版權｜吳玲緯
行銷｜闕志勳　吳宇軒　余一霞
業務｜李再星　李振東　陳美燕
總編輯｜巫維珍
編輯總監｜劉麗真
發行人｜謝至平
出版｜麥田出版
地址：115台北市南港區昆陽街16號4樓
電話：(02) 2500-0888
傳真：(02) 2500-1951
發行｜英屬蓋曼群島商家庭傳媒股份有限公司
城邦分公司
地址：115台北市南港區昆陽街16號8樓
網址：www.cite.com.tw
客服專線：(02) 2500-7718｜2500-7719
24小時傳真專線：(02) 2500-1990｜2500-1991
服務時間：週一至週五 09:30-12:00｜13:30-17:00
劃撥帳號：19863813　戶名：書虫股份有限公司
讀者服務信箱：service@readingclub.com.tw
香港發行所｜城邦（香港）出版集團有限公司
地址：香港九龍土瓜灣土瓜灣道86號順聯工業大廈6樓A室
電話：+852-2508-6231
傳真：+852-2578-9337
馬新發行所｜城邦（馬新）出版集團
【Cite(M) Sdn. Bhd. (458372U)】
地址：41, Jalan Radin Anum, Bandar Baru Seri Petaling, 57000 Kuala Lumpur, Malaysia.
電話：(603) 90563833
傳真：(603) 90576622
電郵：service@cite.com.my
麥田部落格：http://ryefield.pixnet.net

印刷｜中原造像股份有限公司
初版一刷｜2017年7月
二版一刷｜2025年2月
定價｜350元

國家圖書館出版品預行編目資料

咖啡館推理事件簿5：願這杯鴛鴦奶茶美味／岡崎琢磨著；Shion譯. -- 二版. -- 臺北市：麥田出版：家庭傳媒城邦分公司發行, 2025.02
面；　公分. --（日本暢銷小說；87X）
ISBN 978-626-310-825-7（平裝）

861.57　　113019444

ISBN 978-626-310-825-7
EISBN 978-626-310-822-6(EPUB)
Printed in Taiwan.